Werner Bandel

Aryanand

und die Krone des Lebens

Werner Bandel

Aryanand

und die Krone des Lebens

Aquamarin Verlag

Copyright der deutschen Originalausgabe:
© Werner Bandel /Aquamarin Verlag
Voglherd 1 · D- 8018 Grafing
1. Auflage 1991
Umschlaggestaltung: Annette Wagner
Druck und Bindung: Wiener Verlag, Himberg
Herstellung: P & P Lichtsatz GmbH
ISBN 3-89427-010-1

Dieses Märchen
ist Niemandem
ausser **DIR**
Gewidmet

on einem wandernden Weisen, wie sie gelegentlich aus den Bergen und Wäldern seiner Heimat oder aus fernen Ländern in die großen Städte kamen, um Worte der Weisheit unter die Menschen zu streuen oder dem König in schwierigen Zeiten ihren Rat und ihr Wissen zu Diensten zu stellen, hatte Aryanand vor vielen Jahren zum ersten Mal über die Krone des Lebens gehört.

ines Tages war ein Fremder in der Stadt erschienen. Woher er gekommen war, wußte niemand zu sagen, doch seine Ankunft hatte allgemeines Aufsehen erregt. Er trug ein langes, fließendes Gewand aus kostbarem Material, wie es in der ganzen Stadt noch nie jemand gesehen hatte. Als Kopfbedeckung diente ihm ein mit goldenen Fäden durchwirkter Seidenschal, der, kunstvoll geschlungen, über der Stirn von einem leuchtenden Edelstein zusammengehalten wurde. Ein schneeweißer Bart, der ihm ein höchst ehrwürdiges Aussehen verlieh, umrahmte sein erfülltes Gesicht und fiel ihm wallend bis über die Brust.

Das Auffälligste an seiner Erscheinung jedoch war der offene Blick seiner freundlichen Augen, welche mit unergründlich tiefer Ruhe in der Farbe des Himmels strahlten.

Aryanand traf ihn eines Abends, als er alleine durch die stillen Felder streifte.

Der Fremde saß mit untergeschlagenen Beinen auf einem Hügel, zwischen den Wurzeln eines uralten Lindenbaumes. Seine Augen waren geschlossen, und die letzten Strahlen der sinkenden Sonne hatten seine würdevolle Gestalt mit golden schimmerndem Licht übergossen.

Unendlich tief schien die Ruhe, die von seinem leuchtenden Angesicht strahlte, und die gesamte Natur um ihn her schien vergessen zu atmen.

Aryanand konnte seinen Blick einfach nicht von ihm wenden, und als der Fremde nach geraumer Zeit langsam die Augen aufschlug, war es, als ob das Gold der gerade hinter den Hügeln versunkenen Sonne ihm noch einmal aus diesen Augen entgegenstrahlte, um ihn bis auf den tiefsten Grund seines Herzens mit überirdischem Licht zu erfüllen.

Lächelnd lud der Fremde Aryanand ein, sich zu setzen, und dies war das erste Mal, daß er von der Krone des Lebens erfuhr.

Wie ein prächtiges Geschmeide aus funkelnden Juwelen breitete der Weise seine Erzählung vor Aryanand aus.

Er sprach leise, in einfachen Worten, und der

Der Fremde saß mit untergeschlagenen Beinen auf einem Hügel, zwischen den Wurzeln eines uralten Lindenbaumes. Seine Augen waren geschlossen, und die letzten Strahlen der sinkenden Sonne hatten seine würdevolle Gestalt mit golden schimmerndem Licht übergossen.

Fluß seiner Rede war ruhig und angenehm, wie das Murmeln des Wassers in den Quellen und Bächen oder das sanfte Raunen des Windes in den Kronen uralter Bäume.

Alles, was der Fremde erzählte, schien Aryanand schon irgendwoher bekannt und vertraut. Beglückt schloß er die Augen, und er fühlte, wie jedes Wort des Erzählers eine mächtige Flut längst versunkener Bilder aus seinem Innersten zu neuem Leben erweckte.

Als der Weise die fast wie ein Märchen klingende Erzählung beendet hatte und der Strom uralter Erinnerungen in Aryanand zu verebben begann, wuchs das Glück, das er spürte, zu einem Ozean von Seligkeit. Sein Geist erstrahlte in einem Licht, das aus der Tiefe des Herzens kam und tauchte frei in die leuchtende Stille einer bis zur Ewigkeit reichenden inneren Wachheit.

Viel zu kurz, meinte Aryanand, sei die Erzählung des Weisen von der Krone des Lebens gewesen, und viel zu schnell – wie im Flug – sei die Zeit vergangen, doch als er langsam die Augen öffnete und sich umblickte, stand das leuchtende Silberschild des vollen Mondes schon hoch am sternenfunkelnden Himmel.

Zu seinem allergrößten Erstaunen jedoch, war der Erzähler der wunderbaren Geschichte verschwunden – wie vom Erdboden verschluckt!

Aber alles in seiner Umgebung erstrahlte in einem überirdischen Leuchten. Jedes Blatt, jeder Grashalm war von zartem, zauberhaft pulsierendem Licht übergossen, und Aryanand wußte nicht, ob es die geheimnisvollen Strahlen des Mondes waren, die alles mit ihrem himmlischen Licht durchwirkten, oder ob dieses schwebende Zauberlicht durch die Erzählung des Weisen in allen Dingen selbst entfacht worden war.

Gedankenverloren, doch von lichter Heiterkeit gänzlich erfüllt, begab er sich auf den Weg in die Stadt. Seine Füße schienen den Erdboden kaum zu berühren, und der nächtliche Tau, der in tausend winzigen Sternen auf jedem Grashalm im Mondlicht glitzerte, schien unter seinen Schritten nicht einmal zu zittern.

ryanand hoffte, den geheimnisvollen Weisen am folgenden Tage noch einmal wiederzusehen, doch alles Suchen blieb vergebens. Niemand vermochte ihm Auskunft zu geben, wohin er verschwunden war. Die Wächter der neun alten Tore hatten ihn die Stadt nicht verlassen sehen, und von keinem der Händler, die Aryan-

and fragte, hatte er Proviant für eine Reise gekauft.

Von den meisten war er schon bald vergessen. Für Aryanand aber blieb die Erinnerung unauslöschlich lebendig. Des Nachts sah er sich oft, gemeinsam mit ihm, die lichtvollen Welten seiner Träume durcheilen: auf der Suche nach der Krone des Lebens; und jeder Tag, den er sich noch nicht im Besitz dieser Kostbarkeit fand, schien ihm verschwendet.

Dennoch war seit ihrem Treffen sein Alltag von einer wundervollen Leichtigkeit und Zuversicht lebhaft beseelt und beschwingt, und alles, was er von nun an tat, alles, was er erlebte und lernte, erzeugte in ihm immer wieder neue Wellen von Glück.

Das Seltsamste war, daß immer mehr Menschen Aryanand von der Krone erzählten, und alle wußten sie Wunderbares von diesem unsagbar wertvollen Schatz zu berichten:

Demjenigen, der die Krone des Lebens einmal gefunden, sei alle Macht der Natur zu Diensten. Er könne Wind, Wetter und Wolken gebieten und die Sprache der Vögel und Tiere des Waldes verstehen und, wer sie für immer in seinen Besitz genommen, dem schenke sie unversieglichen Reichtum, reines Wissen und immerwährendes Glück.

Diejenigen aber, von denen man sagte, daß sie die Krone des Lebens gefunden hatten, wurden in den alten Überlieferungen und Sagen seines Volkes als die größten Herrscher und Weisen geehrt.

Die meisten Menschen jedoch, die er befragte, mochten sie noch so weit in der Welt herumgekommen sein oder bei hochberühmten Lehrern die Wissenschaften studiert haben, wußten vor allem zu berichten, wie schwierig es sei, die Krone des Lebens überhaupt einmal zu finden; und oft rankten sich geheimnisvolle Geschichten um all diejenigen, die das Abenteuer gewagt hatten, sie zu suchen.

Viele rieten ihm deshalb ab und meinten, es sei das Beste, die Krone rasch zu vergessen, anstatt dem Wunsch, sie womöglich selber suchen zu wollen, ständig frische Nahrung zu geben.

Nur einige Weise, die er in der Einsamkeit der Berge und tiefen Wälder aufgesucht hatte, sprachen ihm Mut zu, erzählten, wie einfach es sei, die Krone des Lebens zu gewinnen, und jeder, der sich unschuldig und beherzt aufmache, sie zu suchen, werde sie mühelos finden. Das Wissen jedoch, wo sie verborgen sei, hüteten diese Einsiedler als ihr größtes Geheimnis und wollten es ihm um keinen Preis in der Welt enthüllen.

Über einem gewaltigen Felsmassiv schwebte golden strahlend die Krone des Lebens, und ein endloser Zug von Menschen strebte zum Gipfel des höchsten Berges.

Alle diese wundersamen Berichte, Sagen und Legenden webten sich wie ein geheimnisvoll schimmernder Schleier um die Krone des Lebens und ließen in ihm den Wunsch, sie eines Tages selbst zu suchen, immer stärker keimen und wachsen.

So gingen die Jahre ins Land, und in Aryanand wuchs dieser anfangs noch zarte Keim seines einzigen Wunsches zu einem mächtigen Baum.

ines Nachts schien das helle Silberlicht des vollen Mondes besonders strahlend in Aryanands Zimmer. Sein Schlaf war licht — wie schwerelos —, und er meinte nicht in seinem Bett, sondern schwebend in einem goldenen Lichtschein zu ruhen.

Weit auf gingen in dieser Nacht die göttlichen Tore der Phantasie, und er fand sich in die immer größere Freiheit eines beglückenden Traumes gehoben.

Über einem gewaltigen Felsmassiv schwebte golden strahlend die Krone des Lebens, und ein endloser Zug von Menschen strebte zum Gipfel des höchsten Berges.

Aryanand erkannte auch sich selbst unter den Scharen, und als einer von zahllosen Pilgern betrat er die Felsenplattform, über der sich, hoch und erhaben, funkelnd die Krone drehte.

Dann sah er sich losgelöst von der Menge, die Krone des Lebens in seinen Händen. Unversehens begann er zu wachsen, wurde größer und immer größer.

Jetzt blitzte die Krone auf seinem Haupt, wie die leuchtende Sonne, und er wuchs weiter und weiter, wurde noch größer, wuchs hoch über die Sterne hinaus, bis er, wie eine mächtige Säule aus Licht, den unendlichen Weltenraum gänzlich durchdrang, und das gleißende Licht der Krone alle Himmelskörper wie blinkendes Edelgestein gluterfüllt aufflammen ließ.

In seiner Rechten hielt Aryanand jetzt eine brennende Fackel, die er am Licht der Krone entzündet hatte und nun wirbelnd im Kreise zu drehen begann, bis ein feuriges Rad entstand. Ohne Ende flogen unzählige Funken und Feuerzungen aus der Fackel hervor und fielen als neue Sterne, neue Planeten und neue Welten in die unermeßliche Tiefe des Alls.

Der leuchtende Raum war erfüllt vom Rauschen eines feurigen Regens, das anschwoll wie das Tosen der Brandung, wenn sie donnernd gegen die Felsen

stürzt. In Wellen rollte der Donner heran, und donnernd berstend brachen sich die Wogen am Strand der Ewigkeit.

Aber noch weiter wuchs Aryanand, und noch strahlender wurde das Licht der Krone – so groß und so strahlend hell, bis er die Welten, die er gerade selbst aus dem feurigen Wirbel der Fackel erzeugt hatte, in seinem eigenen Inneren fand.

Der Feuerkranz drehte sich jetzt mitten in seinem Herzen; Schauer von Sternen flogen daraus hervor, und die zahllosen Welten des unermeßlichen Alls tanzten im Licht seines inneren Selbst, wie Staubteilchen in einem Sonnenstrahl ihren kosmischen Reigen.

Ewige Macht und Glückseligkeit hielten sich in ihm die Waage, und sehnlichst wünschte sich Aryanand, daß dies alles kein Traum, sondern Wirklichkeit sei.

Als er am frühen Morgen wunderbar erfrischt erwachte und die Bilder der Traumwelt zu verblassen begannen, wie das farbige Band eines Regenbo-

gens, war sein Wunsch, die Krone des Lebens zu gewinnen, zum festen Entschluß gereift.

Noch ehe die Sonne ihr goldenes Rad ganz über den Horizont gerollt hatte, war Aryanand schon weit aus den engen Gassen und Mauern der Stadt hinaus. Sein Weg führte durch taufrische Wiesen, an den Windungen eines Baches entlang, in Richtung des hohen Buchenwaldes, in dem sich die Einsiedelei eines Weisen befand, den er schon oft um Rat gefragt hatte.

Die Blumen, die zu abertausenden zwischen den Gräsern standen, hielten ihre Blütenkelche noch sanft geschlossen und warteten auf die Strahlen der Sonne, die den zarten Schleier des Nebels lüften würden, der sich nachts über die Auen gebreitet hatte. Die alten Erlen und Weiden am Bach schienen über dem weißen Tuch des Nebels zu schweben und erinnerten Aryanand an Kobolde und andere wunderliche Gestalten aus den Märchen und altüberlieferten Sagen, die man in seiner Heimat erzählte.

Die ganze Natur war wie verzaubert und schwebte entrückt zwischen dem Leuchten der Nacht und dem frühen Licht des neuen Tages.

Bald war Aryanand auf der anderen Seite des Tales. Auf verschwiegenen Wegen, unter himmelhochragenden Baumriesen, wanderte er durch die kühlen Hallen des Waldes, bis er an eine Lichtung kam.

Unter den tiefhängenden Zweigen eines uralten Baumes erkannte er die Gestalt des Meisters, als habe er dort auf sein Kommen gewartet; und für Bruchteile eines Augenblicks hätte Aryanand schwören können, daß er in diesem Moment geradeso aussah wie der Fremde, der ihm als erster von der sagenumwobenen Krone erzählt hatte.

Der verehrungswürdige Weise war schon der Lehrer von Aryanands Vater gewesen, und niemand wußte, wie alt er war. Schneeweiß war sein Bart, und sein langes Haar, gehalten von einem Mistelkranz, lag wie Silber auf seinen Schultern. Gütig strahlten die Augen des Meisters, als Aryanand sich grüßend verneigte, und noch ehe er selbst etwas sagen konnte, kam dieser ihm schon zuvor:

„Ich wußte, mein Sohn, daß du kommen würdest, und ich weiß auch den Grund.

Du warst mir schon immer ein gelehriger Schüler, und lange habe ich mich auf den heutigen Tag gefreut. Viele Geheimnisse der Natur sind dir bereits offenbar, und heute möchtest du Abschied nehmen, um auszuziehen, das Allerhöchste, die Krone des Lebens, zu gewinnen.

„In allen neun Welten gibt es kein Kleinod kostbarer als die Krone des Lebens", fuhr sinnend der Meister fort, „und mit Freuden weise ich dir den Weg, der dich sicher und schnell zu ihr führt."

Er geleitete Aryanand zu einer alten, von Moos und Efeuranken überwucherten Steinbank, neben der leise murmelnd ein Quell entsprang.

Dort, im Schatten eines mächtigen Lindenbaumes, weihte er ihn sodann feierlich in sein größtes Geheimnis ein, beschrieb ihm den Weg, den die Meister einer unsterblichen Tradition schon seinen Vorvätern überliefert hatten — aus den Wäldern hinaus nach Norden, bis hin zum Fuß eines hohen Berges:

„Diesen Fels kennt man seit Menschengedenken. Man nennt ihn den Berg der Weisheit, und dort — hoch auf seinem strahlenden Gipfel — wirst du die Krone des Lebens finden."

Schweigend saßen Meister und Schüler danach noch eine Weile beisammen, dann erhob sich der Weise, bedeutete Aryanand aber sitzenzubleiben, und verschwand im Inneren seiner einfachen Hütte.

Nach wenigen Augenblicken kam er mit einem kleinen Bündel wieder zurück. Dies war so seltsam verschlungen und kunstvoll verknotet, daß es unmöglich schien, es jemals zu öffnen, und man nicht einmal sagen konnte, was daran oben und unten war.

„Hier, Aryanand", erklärte der Meister sodann, „ist das Erbe deines Vaters. Ich habe es aufbewahrt für den Tag, an dem du ausziehen würdest, die Krone des Lebens zu gewinnen. Niemand vermag dieses Bündel zu öffnen. Weder mit List noch mit Gewalt ist sein Geheimnis zu lösen. Dir aber wird es sich ganz von selbst auftun, wenn der rechte Zeitpunkt gekommen ist."

Mit dieser Rede, die Aryanand über alle Maßen wunderlich schien, übergab ihm sein Lehrer das geheimnisvolle Bündel und sprach:

„Bewahre es gut! Auch wenn es dir vielleicht manchmal zur Last wird, so wird es sich doch als nützlich erweisen."

Am nächsten Morgen, in aller Frühe, nahm Aryanand Abschied von seinem Meister.

Dankbar verneigte er sich vor dem Weisen, doch es fiel ihm nicht leicht, sich zum Gehen zu wenden. Aber lächelnd deutete dieser mit aufmunterndem Nicken die Richtung an, in die sich Aryanand wenden sollte. Wie fortgeblasen war da sein Kummer, und mit lachendem Herzen machte er sich auf den Weg.

Die ganze Natur war wie verzaubert und schwebte entrückt zwischen dem Leuchten der Nacht und dem frühen Licht des neuen Tages.

Stunde um Stunde verrann, doch Aryanand spürte weder Müdigkeit, Hunger noch Durst; und als das schwindende Licht des Tages die Stunde der Dämmerung kündete, fühlte er sich noch so frisch wie zu Beginn seiner Wanderschaft.

Stunde um Stunde verrann, doch Aryanand spürte weder Müdigkeit, Hunger noch Durst; und als das schwindende Licht des Tages die Stunde der Dämmerung kündete, fühlte er sich noch so frisch wie zu Beginn seiner Wanderschaft.

Dennoch gönnte er sich jetzt eine Rast. An sein Bündel gelehnt, schloß er für eine Weile die Augen, und die Welt um ihn her versank leuchtend im goldenen Schein seines inneren Lichtes. Erfrischt, als habe er lange und tief geschlafen, konnte er daraufhin wieder weiterziehen.

Ohne müde zu werden, wanderte er die ganze Nacht. Auch der nächste Tag und die folgende Nacht vergingen wie im Fluge; und ungeachtet ob Sonne, Mond oder Sterne über ihm standen, setzte Aryanand seine Wanderung fort.

Alle seine Gedanken, die früher wie die Wellen des Ozeans ziellos unhergewogt waren, schlossen sich nun zu einem einzigen glutvoll belebten Gedankenbild, dem er wie einem inneren Wegweiser auf einem uralten Pfad durch die Wälder folgte. Viele waren diesen Weg schon vor ihm gegangen, wie ihm alte Spuren verrieten. Doch jetzt begegnete ihm nicht ein einziges Mal ein anderes menschliches Wesen.

Am Ende des dritten Tages endlich lichtete sich der Wald, und Aryanand trat ins Freie. Vor ihm senkte sich die Landschaft zu einem grünen, blumenreichen Tal, das sich im schwindenden Licht der Sonne unendlich weit zu erstrecken schien.

In der Ferne aber erhob sich unvermittelt, durchsichtig, fast wie Glas, ein gewaltiger Berg.

Seine Spitze verschwand in einem dichten Wolkenkranz, und es sah aus, als ob der Berg bis in den Himmel wachse.

Schon wenige Stunden später stand Aryanand am Fuß dieses Felsmassivs.

Im sanften Licht des Mondes und von unzähligen blinkenden Sternen beschienen, ragte der sagenumwobene Berg in die tiefblaue Nacht.

Wie die Türme und Erker einer uneinnehmbaren Festung wuchsen seine kristallenen Zinnen vor Aryanand in die Höhe, und wie kostbares Edelgestein, spiegelten sie funkelnd jedes einzelne Himmelslicht wider.

Doch der Pfad, dem Aryanand folgte, wurde nun immer schwerer erkennbar. Deshalb beschloß er, die verbleibenden Stunden der Nacht zu ruhen und den Aufstieg am nächsten Tag, im Licht der Sonne, zu beginnen.

Anderntags war Aryanand schon früh auf den Beinen, und der schmale Steig führte ihn rasch in die Höhe. An einer Stelle, an der sein Weg unübersichtlich und steil zwischen ragenden Felswänden verlief, war ihm, als ob er – zunächst wie aus weiter Ferne – dann aber rasch näherkommend und immer bedrohlicher anschwellend, ein Geräusch, dunkel, wie rollender Donner, vernahm.

Plötzlich begann der Boden unter seinen Füßen zu zittern, und vorsichtig lugte Aryanand um die nächste Biegung des Felsweges. Wie angewurzelt blieb er stehen, als er das seltsame Wesen sah, das ihm da entgegenkam.

Unsagbar langsam und bei jedem seiner dröhnenden Schritte bedrohlich schwankend, trottete eine hünenhafte Gestalt auf dem schmalen Felspfad heran. Der Koloß war klobig aus einem einzigen rauhen Felsbrocken gewachsen und stellte sich Aryanand jetzt genau in den Weg.

„Na, junger Freund, wohin, woher?" donnerte ihn dann der Steinriese an, mit einer Stimme, die dem Rumpeln einer Geröllhalde glich; so laut, daß sich Aryanand beide Ohren zuhalten mußte.

„Zum Scherzen ist dir wohl nicht zumute," polterte der Riese weiter.

Diese Begegnung als Spaß zu verstehen, fiel ihm tatsächlich schwer, und Aryanand wagte nicht, seinen Mund aufzutun.

„Seh' ich jetzt deine Nasenspitze schon weiß", fuhr dröhnend der Steinriese fort, „wie soll das erst werden, wenn du diesen Berg höher hinaufsteigst, wo die Luft immer dünner wird?"

„Und außerdem, mit einem Bündel, wie du es da trägst, ist noch keiner an mir vorbeigekommen. Also Bürschchen, gib's her!"

Mit diesen Worten griff er nach dem Bündel, das Aryanand fest in seinen Händen hielt.

Doch der hatte sich inzwischen von seinem Schrecken schon etwas erholt, sprang flink zur Seite und schlug dem Riesen auf seine klobigen Finger.

„Ha", freute sich polternd der Felsenkoloß „willst du wohl mit mir spielen? Nun gut, zuerst aber her mit dem Bündel!" – und wieder versuchte er, es Aryanand zu entreißen. Der aber hielt es fest und hieb mit einer Hand auf den Riesen ein, als dieser ihn, leicht wie eine Flaumfeder, mitsamt seinem Gepäck in die Lüfte hob.

„Hör' auf mich zu kitzeln!" dröhnte der Riese lachend und ließ ihn wieder zu Boden fallen. Doch Aryanand raffte sich auf und schlug ihm gegen das Schienbein, denn er sah wohl, daß er nicht weiterkam, solange ihm der steinerne Gigant den Weg verstellte.

An sein Bündel gelehnt, schloß er für eine Weile die Augen, und die Welt um ihn her versank leuchtend im goldenen Schein seines inneren Lichtes. Erfrischt, als habe er lange und tief geschlafen, konnte er daraufhin wieder weiterziehen.

Unsagbar langsam und bei jedem seiner dröhnenden Schritte bedrohlich schwankend, trottete eine hünenhafte Gestalt auf dem schmalen Felspfad heran. Der Koloß war klobig aus einem einzigen rauhen Felsbrocken gewachsen und stellte sich Aryanand jetzt genau in den Weg.

Aber sein Schrecken wuchs, als er plötzlich gewahrte, wie der Riese unaufhaltsam, bei jedem Schlag, den er ihm verpaßte, nur immer noch größer und mächtiger wurde, und allein seiner Gewandtheit hatte es Aryanand zu verdanken, daß ihn der träge Koloß nicht zu packen bekam.

Dem schien das „Spiel" inzwischen auch nicht mehr zu gefallen und zu lange zu dauern. Drohend hob er seinen Arm in den Himmel.

„Zum letzten Mal, her jetzt mit diesem Bündel!" dröhnte er, so laut, daß der ganze Berg unter ihnen zu beben schien; und schwer wie ein Fels fiel seine gigantische Faust krachend genau auf die Stelle, wo Aryanand noch vor einer Sekunde gestanden hatte.

Gerade im gleichen Augenblick aber fiel diesem ein wertvoller Rat seines Lehrmeisters ein:

„Lärm wird nur um so größer, je mehr man versucht, eine tobende Menge durch lautes Schreien zu übertönen, um sie zur Ruhe zu bringen; und ein Kampf wird nur heftiger, wenn man sich selbst ins Getümmel stürzt, und sei es auch, um die Kämpfer zu trennen. Klüger ist es in solchen Fällen, auf andere Art vorzugehen." Niemals, so hatte sein Lehrer damals gesagt, solle er sich auf seiner Wanderschaft in ein Handgemenge einlassen. Alle Bedrohnisse und Gefahren auf seinem einsamen Wege würden von alleine schwinden, wenn es ihm selbst gelänge, innerlich vollkommen ruhig zu sein – am Besten soweit, daß er äußerlich sogar vergesse zu atmen.

Seine Umgebung werde dann in einen Zauberschlaf sinken und niemand mehr auch nur im Traum daran denken, ihm irgend etwas zu Leide zu tun.

Dazu hatte ihm sein Meister eine einfache, aber geheime, altüberlieferte Kunst mitgeteilt.

Wie ein Blitz war dies alles Aryanand durch den Kopf geschossen. Geschwind sprang er ein paar Schritte zurück, setzte sich hin, schloß die Augen und begann so die Kunst, die ihn sein Meister als Geheimnis gelehrt hatte, unerschrocken auszuüben.

Ganz wenige und einfach überlieferte Anweisungen hatte er zu befolgen, und sofort begannen sich seine erhitzten Gedanken mühelos neu zu ordnen und kamen allmählich von selbst zur Ruhe.

Ganz von alleine war dabei auch sein Atem unendlich sanft und fein geworden; und wie eine strahlende Sonne über dem grenzenlos weiten Meer stieg eine unerschütterlich tiefruhige Wachheit hell leuchtend in seinem Innern auf.

Der Riese war so verdutzt von dem unerwarteten

Verhalten seines Gegners, daß es ihm selbst vor Staunen den Atem verschlug. Benommen begann er zu gähnen, unsicher und müde zu schwanken, und der letzte Eindruck, den Aryanand gerade noch erhaschte, bevor sein leisester Gedanke wie eine ganz feine Welle auf dem Ozean des Geistes verebbte und ihm damit auch der sanfteste Atemzug vollkommen stillstand, war, daß der steinerne Koloß, riesenhoch wie ein altes Haus, mit gewaltig donnerndem Getöse krachend über ihm zusammenbrach.

Tonnenschwer rollten Felsbrocken polternd von Aryanands Schultern. Dann herrschte Stille, und er fühlte sich unendlich leicht.

Als er verstohlen blinzelnd die Augen aufschlug, erwartete er sich zwischen wirbelndem Staub und zertrümmerten Felsklötzen wiederzufinden – stattdessen jedoch saß er mitten in einem prächtigen Goldpalast.

Neben ihm lag sein Bündel. Nur war das äußere Tuch völlig in Stücke zerrissen, und eine kleine Truhe aus Eichenbrettern kam darunter zum Vorschein.

Obwohl Aryanand an ihr weder Schloß noch Riegel fand, vermochte er nicht, ihren Deckel zu öffnen. Da nahm er – ohne sich lange darum zu bekümmern – die Holzkiste einfach unter den Arm und begann den Palast zu erforschen.

Die Wände und Säulen der großen Halle, in der er sich jetzt befand, waren ganz aus lauterem Gold und prachtvoll mit funkelnden Juwelen verziert. Über ihm wölbte sich eine wunderschöne Kuppel, durch deren farbige Scheiben strahlendes Sonnenlicht fiel, und wie von Händen unsichtbarer Diener bewegt, öffneten sich lautlos die goldbeschlagenen Tore aus duftendem Sandelholz, als Aryanand nur den Wunsch verspürte, in den nächsten Raum zu gelangen.

Den ganzen Tag verbrachte er damit, den Zauberpalast zu erforschen.

Am Abend kam er in einen Saal, in dem eine fürstlich gedeckte Tafel stand; und da alles in diesem Schloß einzig für ihn da zu sein schien, tat er sich ungeniert an den köstlichen Speisen gütlich. Selbst die Nacht verbrachte er wie ein König; denn in einem der anderen Zimmer fand er ein großes, herrlich weiches Himmelbett.

Er hätte noch tagelang durch den Palast wandern können; so viel gab es darin zu bestaunen! Doch am Morgen fiel ihm der Rat seines Meisters ein, sich auf dem Weg zur Krone des Lebens nicht unnötig aufzu-

Tonnenschwer rollten Felsbrocken polternd von Aryanands Schultern. Dann herrschte Stille, und er fühlte sich unendlich leicht.

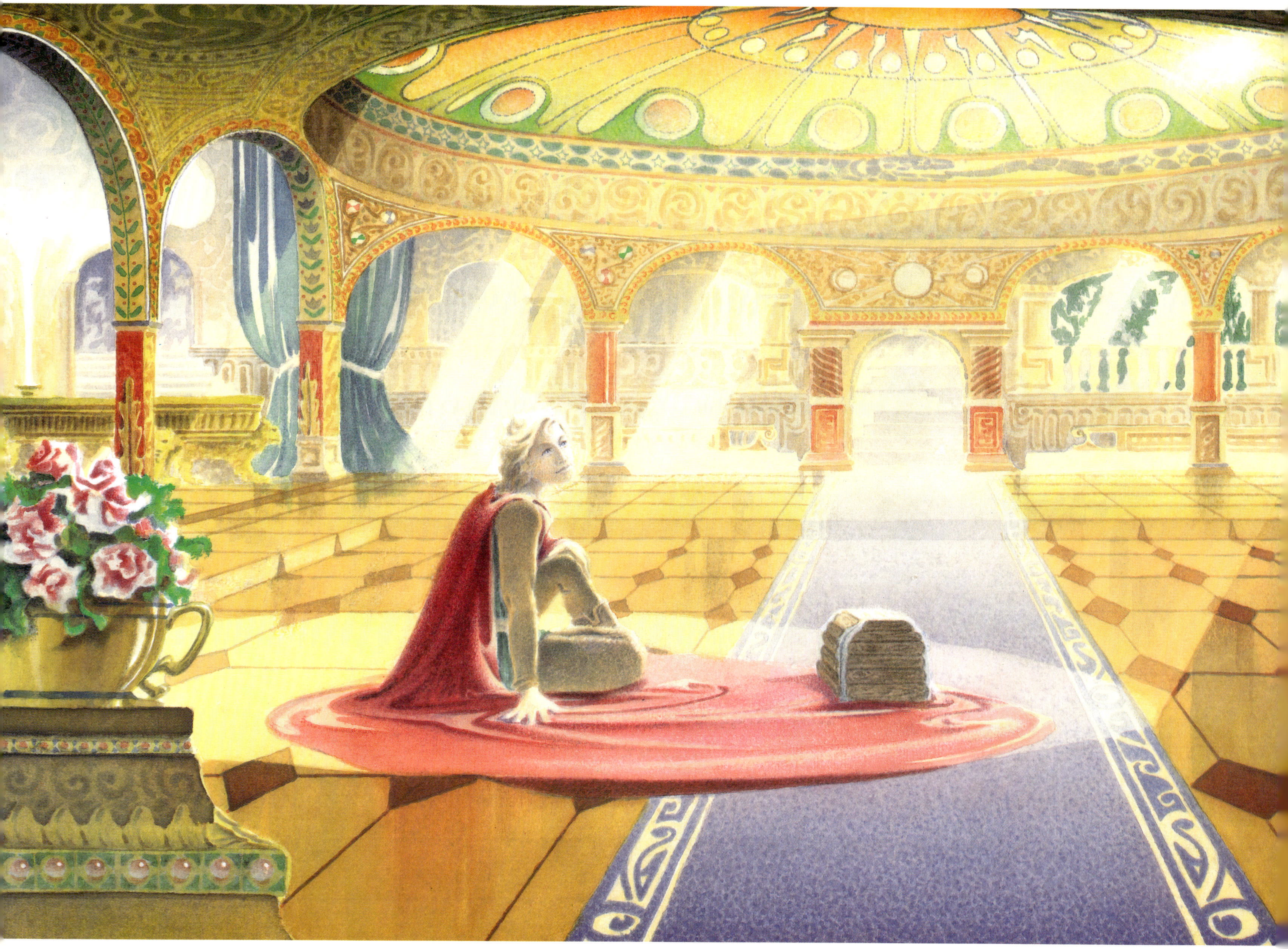

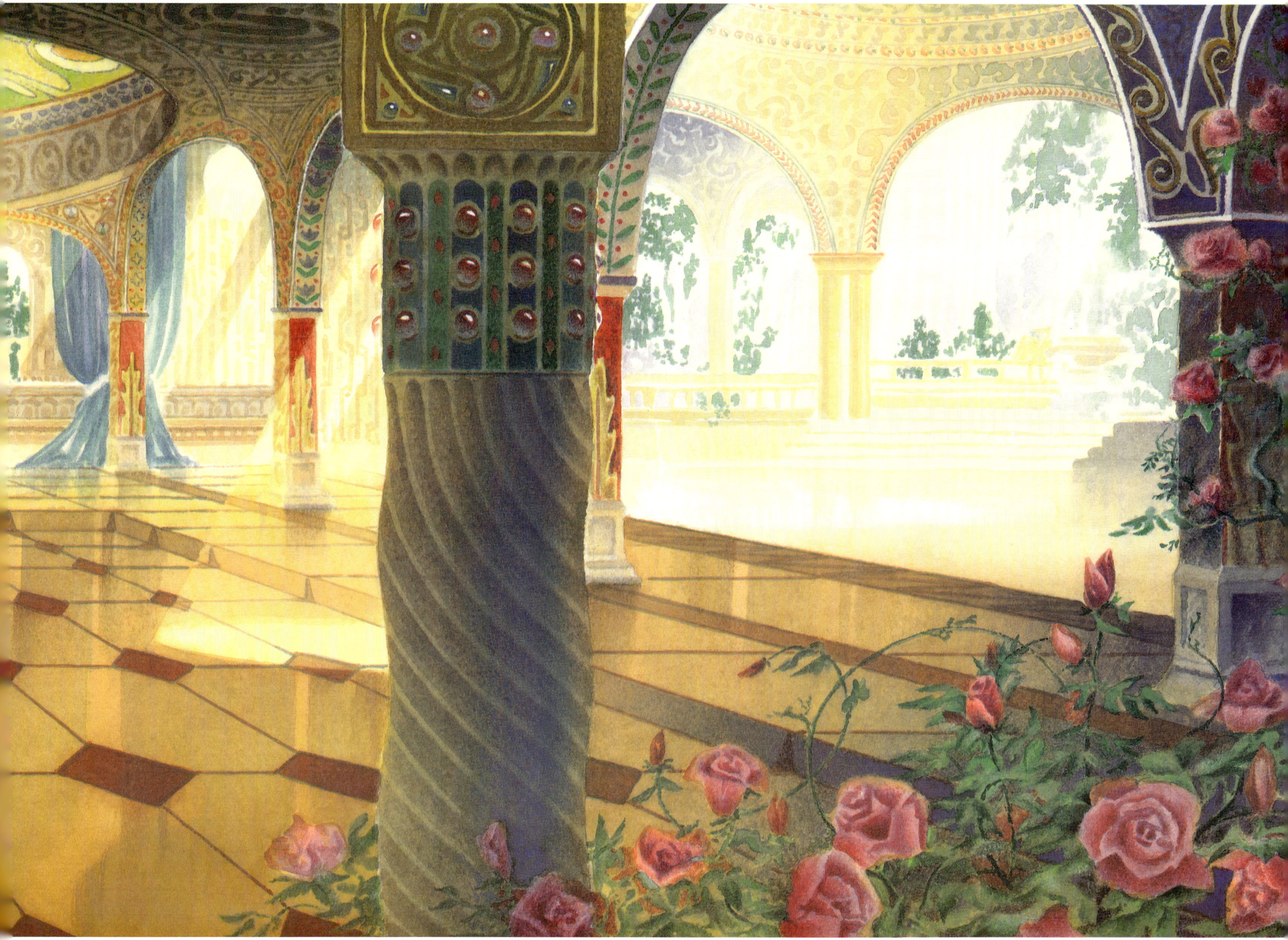

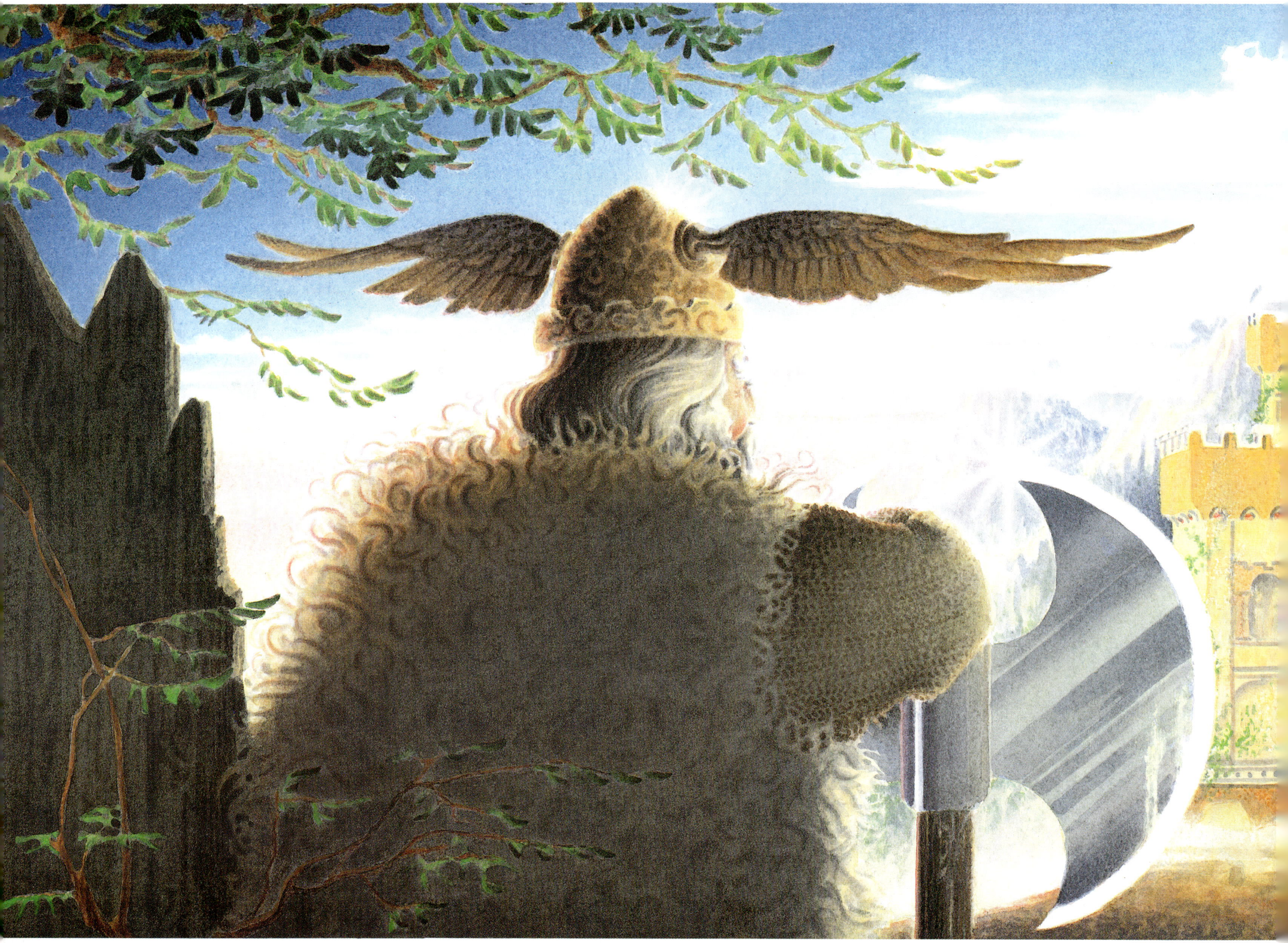

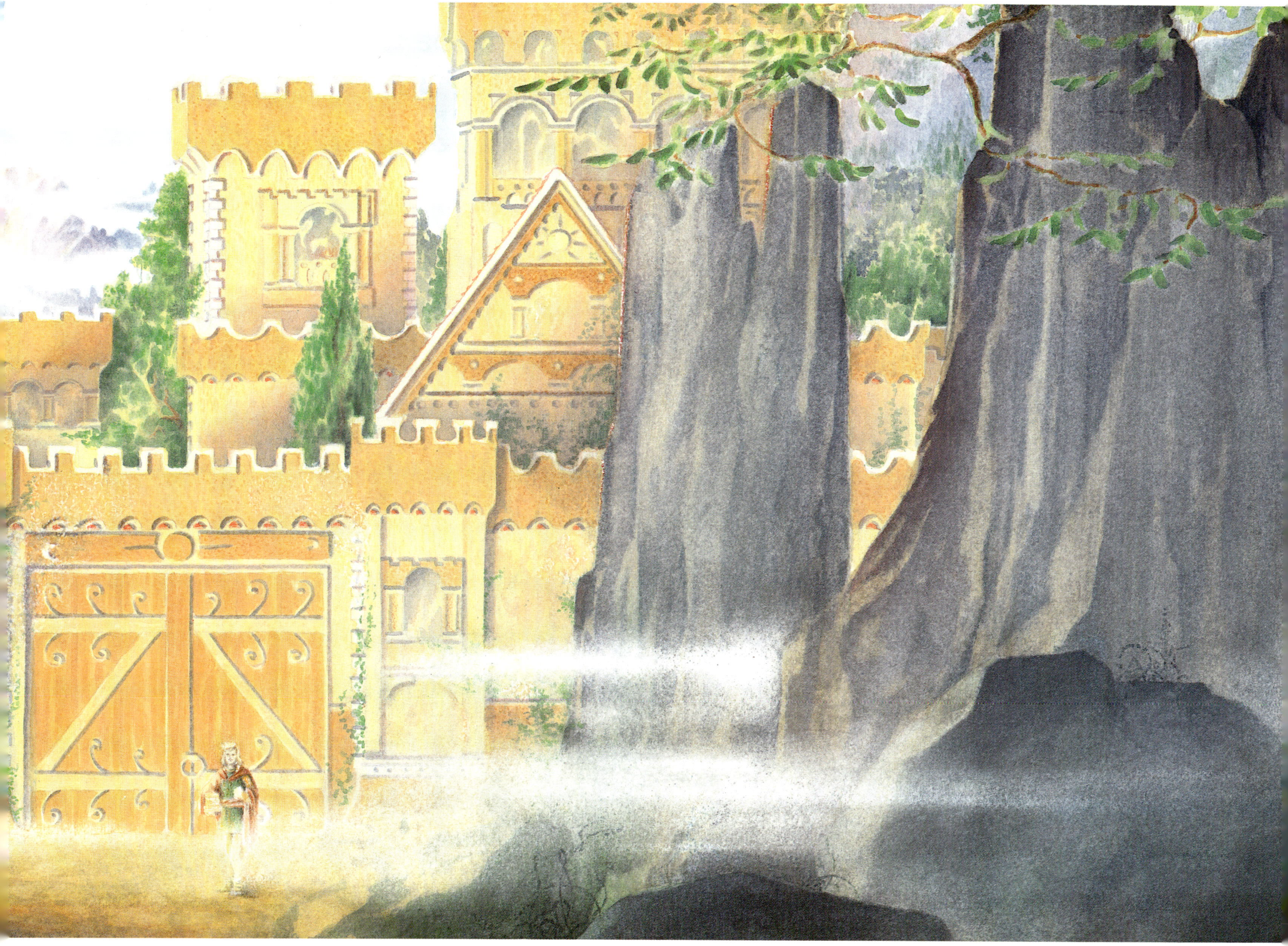

halten. Deshalb beschloß er, obwohl ihm hier alles überaus gefiel, nun doch weiterzuziehen. Er ging auf eines der neun goldenen Tore zu, die sich in der Außenmauer befanden. Wie von magischer Hand bewegt, öffneten sich die schweren Flügel; ungehindert trat er hindurch, und mit einem kaum spürbaren Luftzug fielen sie hinter seinen Fersen lautlos wieder ins Schloß.

Nur wenige Schritte weiter jedoch, genau auf dem Pfad, der eng an einer Felswand vorbei, schwindelerregend steil in die Höhe führte, stand ein gewaltiger Baum. Sein Stamm allein war so mächtig, daß er den ganzen Weg versperrte, und man sich nicht an ihm vorbeizwängen konnte.

Deshalb entschied sich Aryanand, an dem Baum selbst in die Höhe zu klettern, um von dort aus dann wieder auf den Felsenweg zu gelangen.

Doch als er auf den Stamm zutrat, öffnete sich darin eine verborgene Tür. Ein wild aussehender Krieger trat mit schweren Schritten daraus hervor und verstellte ihm wortlos den Weg. Auf eine mächtige Axt gestützt, musterte er zunächst Aryanand langsam von Kopf bis Fuß.

„Wußte ich doch, daß du kommst", sprach er dann schmunzelnd zu ihm, doch wenn du weiter, über den Baum hinaus in die Höhe willst, mußt du mir deine Kiste als Wegezoll zahlen!"

Aber das Erbstück seines Vaters wollte Aryanand auf keinen Fall in fremde Hände fallen lassen. Als der Wächter des Baumes Aryanand deshalb selbst zum Kämpfen entschlossen sah, sprach er weiter:

„Ich sehe, dein Entschluß steht fest. Das allein ist schon lobenswert. Doch ich will dir ein Rätsel zu lösen geben. Errätst du es, magst du den Baum erklimmen. Fehlst du, so ist dein Weg hier zu Ende!"

Der Wächter verlangte von Aryanand, er solle ihm die genaue Anzahl aller Äste, Zweige, Blätter, Blüten und Früchte nennen, die sich insgesamt an dem Baum befänden, unter dem sie gerade standen.

Als Aryanand in die Höhe blickte, sank ihm der Mut. So mächtig wölbte sich die Baumkrone über ihm, daß sie weit und breit den Himmel verdeckte. Unüberschaubar war das Gewirr von Ästen, Zweigen und Blättern. Unmöglich schien es, ihre Zahl zu erraten.

Da tauchte, wie aus feinem Nebel, eine Erinnerung in ihm auf. Schon vor vielen Jahren hatte ihm sein Meister einmal eine Rose gezeigt und erklärt, wie der Saft, zwar farblos und unsichtbar, doch die ganze Blume durchdringe. Ohne den Saft gäbe es eigentlich gar keine Blume, und alles an ihr, Wurzel, Stengel, Blätter, ja selbst die Dornen, seien genau genommen nur reiner, farbloser Saft.

Jetzt, im Schatten des riesigen Baumes, wurde Aryanand klar, daß es bei diesem auch nicht anders sein könne. Er brauchte nur den Saft zu befragen, der durch jede Faser des Baumes rann, um alles über den Baum zu erfahren. Damit war das Rätsel des Wächters gelöst!

„Gib mir bitte einen Schluck vom Saft des Baumes zu trinken", bat Aryanand deshalb den grimmigen Recken, „und ich kann dir die Zahl, die du hören willst, nennen."

„Die Bitte sei dir gewährt", erwiderte lachend der Wächter, und mit mit einem sausenden Hieb seiner Axt schlug er eine Kerbe in den gewaltigen Stamm. Den Saft, der sogleich daraus zu fließen begann, fing er in einem Silberkelch auf, den er Aryanand abwartend zum Trunke bot.

Dieser führte den Trank zum Mund und leerte den Becher in einem Zug. Wie köstlich schmeckte

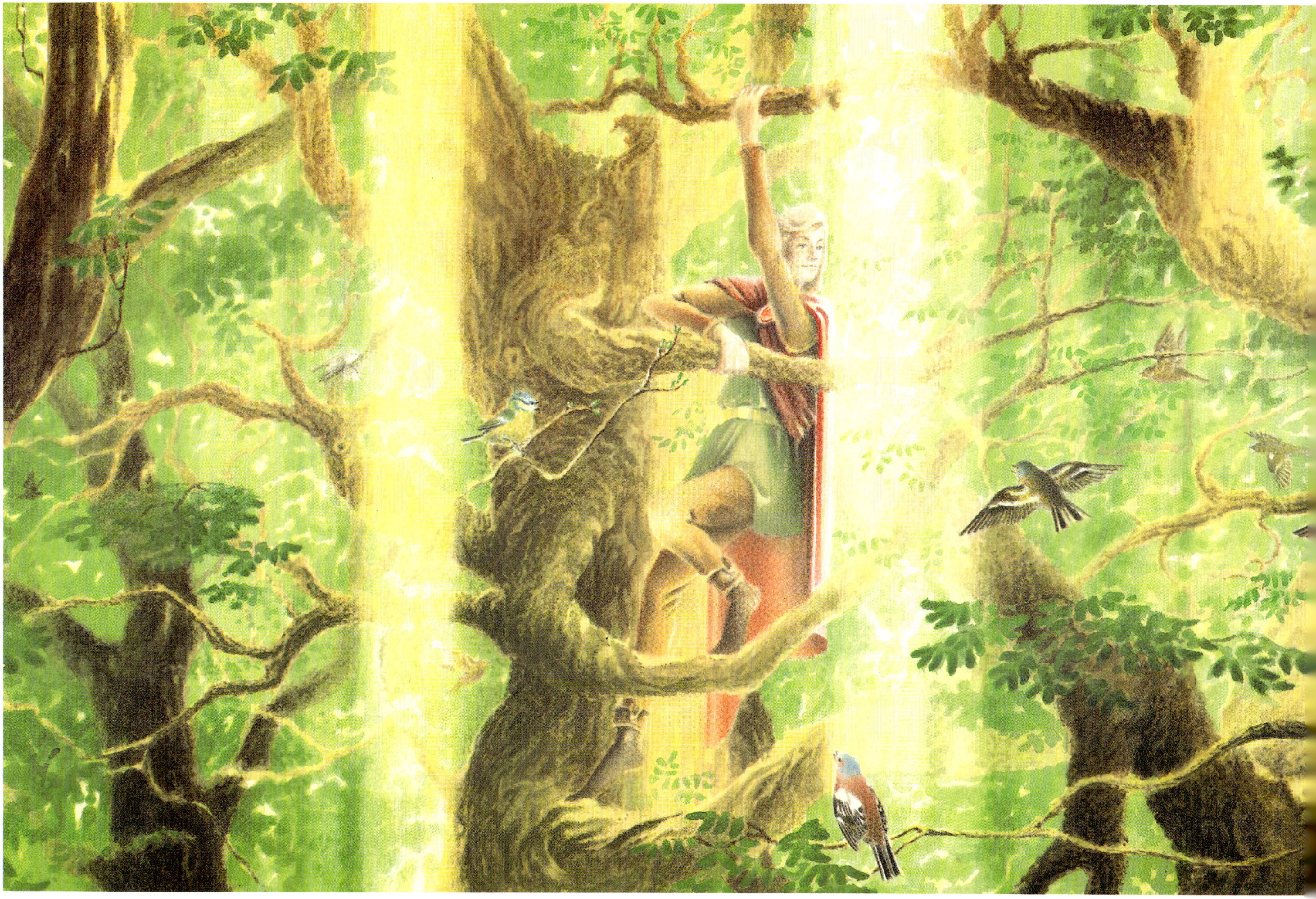

Immer höher stieg Aryanand in das dichte Laubdach hinein, doch der Baum schien nicht enden zu wollen. Überall um ihn her wölbte sich die lichtgrüne Kuppel, durchzogen von einem unüberschaubaren Filigran unzähliger Äste und Zweige.

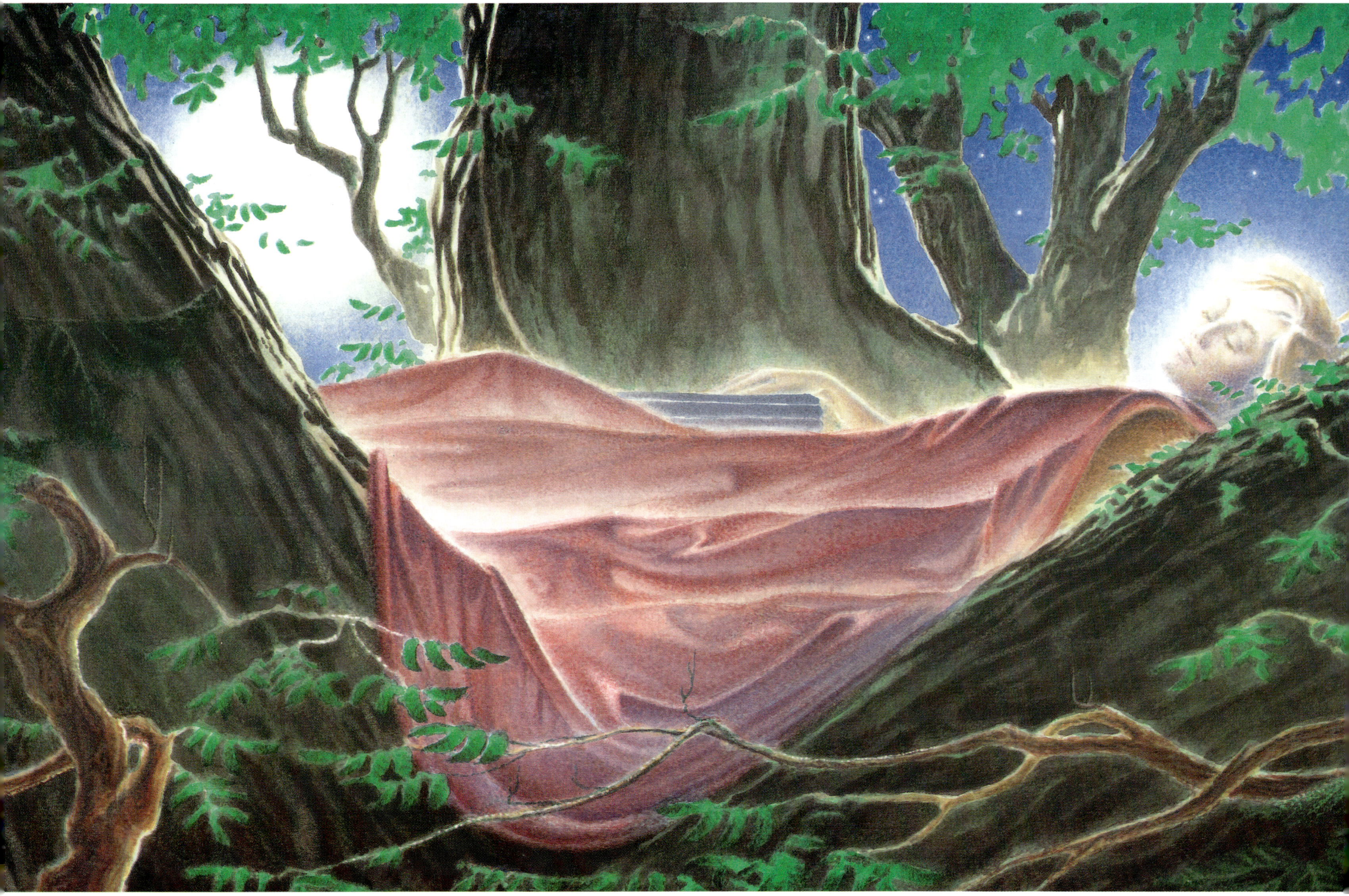

Unermüdlich kletterte er den ganzen Tag. Die Nacht verbrachte er bequem und sicher in der Gabelung einiger gewaltiger Äste und am nächsten Morgen nahm er seine Klettertour wieder auf.

der Saft! Aryanand schloß entzückt seine Augen und – als habe sie ihm ein rettender Engel unmißverständlich ins Ohr geflüstert – nannte er siegesgewiß die Zahl, die der Wächter von ihm verlangte.

Da sprang seine Truhe, die neben ihm stand, krachend in tausend Stücke, und die Splitter wirbelten durch die Luft.

„Mein Rätsel hast du gelöst", lachte der vorher so grimmige Wächter, „doch deine Holzkiste hast du trotzdem verloren!"

Wo gerade noch die Eichentruhe gestanden hatte, stand nun eine kleinere Kiste aus Eisen, die offenbar genau in die alte hineingepaßt hatte. Doch auch an der neuen waren weder Schloß noch Riegel zu finden.

Ohne darüber sonderlich erstaunt zu sein, nahm Aryanand die Kiste und band sie sich auf den Rücken. Der Wächter des Baumes half ihm noch bis in die ersten Äste, doch von dort kletterte er alleine in dem verzweigten Wirrwarr weiter.

Immer höher stieg Aryanand in das dichte Laubdach hinein, doch der Baum schien nicht enden zu wollen. Überall um ihn her wölbte sich die lichtgrüne Kuppel, durchzogen von einem unüberschaubaren Filigran unzähliger Äste und Zweige.

Eine Vielzahl von Vögeln wohnte in dem mächtigen Wipfel, und ständig umflatterte ihn eine Schar lärmend zwitschernder Begleiter.

Unermüdlich kletterte er den ganzen Tag. Die Nacht verbrachte er bequem und sicher in der Gabelung einiger gewaltiger Äste und am nächsten Morgen nahm er seine Klettertour wieder auf.

Aryanand dachte schon, der Aufstieg werde wohl nie ein Ende finden, doch an diesem Tag wurden, je höher er stieg, die Äste zusehends schlanker und feiner. Immer stärker fiel Sonnenlicht durch das dichte Laubwerk, und bald hatte er die höchsten Zweige des Wipfels erreicht.

Fröhlich steckte er seinen Kopf durch das grüne Blätterdach, wie ein Taucher, der endlich aus der Tiefe eines großen Sees aufgetaucht ist.

Eine frische Brise wiegte ihn in den Zweigen sanft hin und her. Strahlender Sonnenschein fiel auf das wogende Meer von Blättern, das sich nach allen Seiten hin ausbreitete, und wenn der Wind spielerisch darüber fuhr, sah es tatsächlich aus wie gekräuseltes Wasser.

Aryanand überlegte gerade, wie es von hier aus wohl weiterginge, da gewahrte er in der Höhe zwischen den Wolken ein Leuchten, das rasch näherkam; und bald erkannte er fünf glänzende Pferde, die einen prächtigen Wagen zogen.

Ein stattlicher, reich gekleideter Wagenführer hielt die Zügel spielerisch leicht in der Hand und schien das Gespann mehr mit seinen Blicken, als mit den goldenen Leinen zu lenken. Er führte den Wagen in einem Bogen und hielt genau vor Aryanand an.

„Wie jetzt weiter", fragte ihn lächelnd der Wagenlenker. Aber noch ehe Aryanand antworten konnte, lud er ihn mit einer freundlichen Handbewegung ein in den Wagen zu steigen: „Jetzt können dich nur diese Pferde deinem Ziel näherbringen!"

Das mochte Aryanand gerne glauben, sah er doch weder Weg noch Steg, um von hier fortzukommen. Deshalb nahm er seine Truhe und hob sie vor sich auf den Boden des Wagens.

„Die wirst du mir aber als Fahrgeld lassen", sprach der Wagenlenker, als sein Blick auf das Käst-

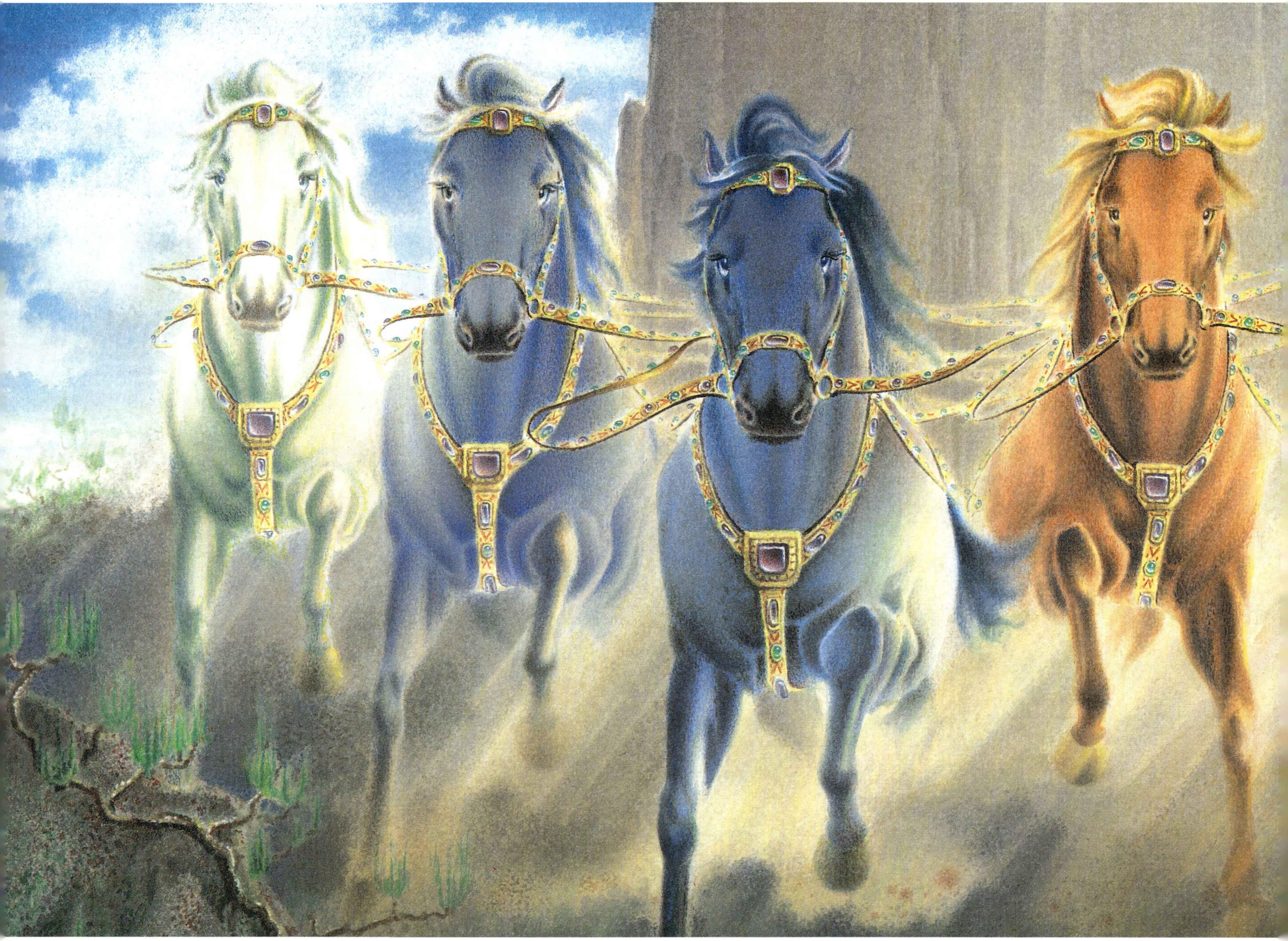

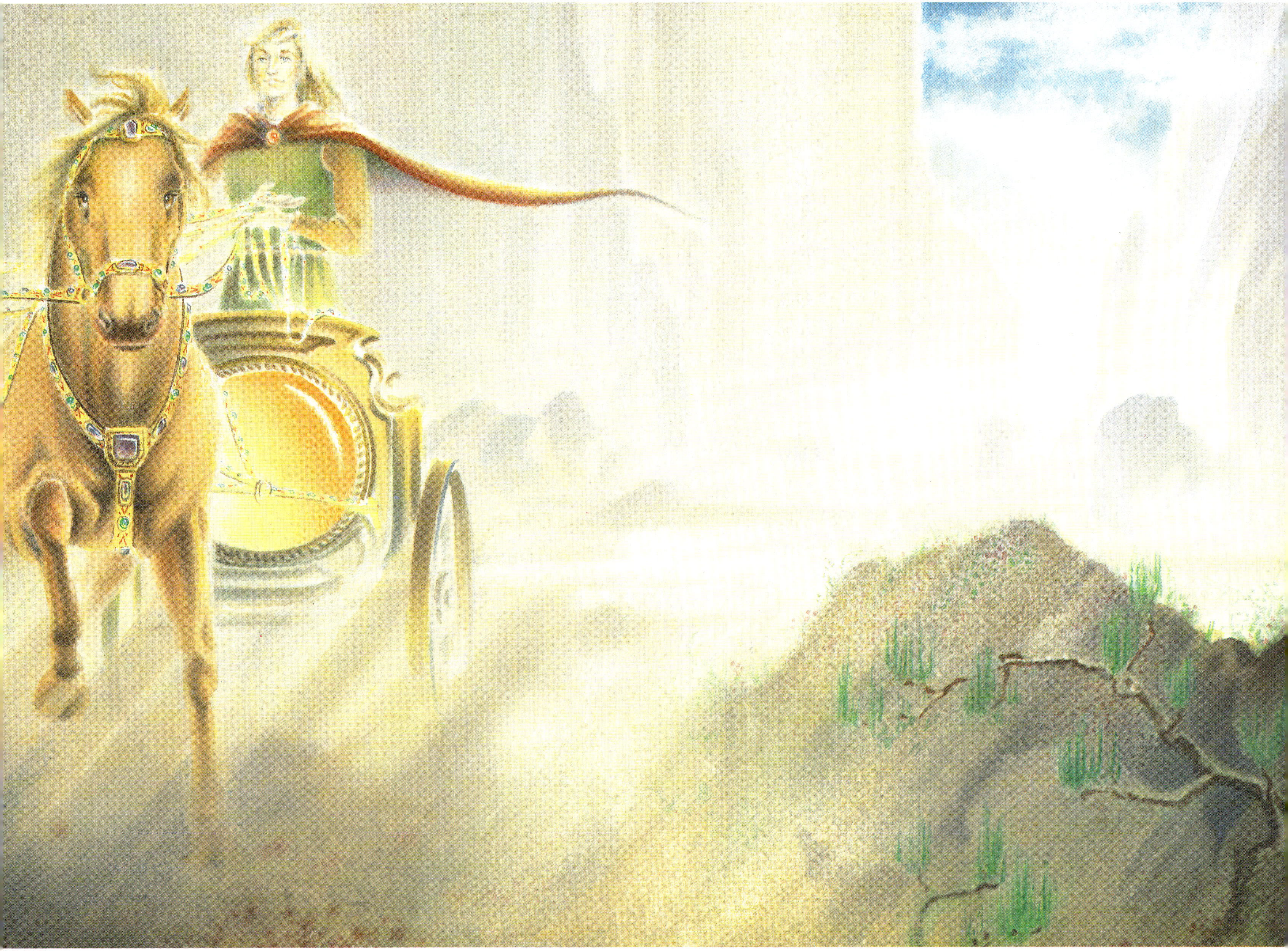

chen fiel, „denn mit einer Kiste aus Eisen hat noch keiner das Ziel erreicht, das du erstrebst."

Aryanand bekam einen gehörigen Schrecken. Auf keinen Fall würde er diese Kiste hergeben. Er ließ sich aber − so glaubte er wenigstens − seine Gedanken nicht anmerken und stieg, ohne ein Wort zu verlieren, in den Wagen ein. Insgeheim aber legte er sich schon einen Plan zurecht, wie er den Wagenlenker überlisten könne, wenn dieser ihn erst einmal zum Ziel gebracht hätte.

Doch Aryanand hatte noch nicht richtig auf der Plattform des Wagens fußgefaßt, da war der Lenker verschwunden, als habe er sich in Luft aufgelöst, und wie von einem unsichtbaren Peitschenhieb getroffen, jagten die Pferde los.

Er konnte sich gerade noch irgendwo festklammern, als der zierliche Wagen auch schon gefährlich schwankend in rasender Fahrt durch die Lüfte sauste.

Verzweifelt versuchte Aryanand, die Pferde wieder unter Kontrolle zu bringen. Aber je mehr er sich abmühte, um so wilder gingen sie durch. Wie er auch an den Zügeln zerrte, es gelang ihm nicht, die rasenden Pferde zu bändigen, und er hatte seine liebe Not, nicht aus dem Wagen gerissen zu werden.

Mitten hinein in einen riesigen Wolkenberg führte die wilde Jagd. Wie graue Fetzen stoben die Nebelschleier vor dem Gespann auseinander, und plötzlich spürte Aryanand, wie die Räder wieder ratternd über Felsgestein rollten.

Doch der Freudefunken, der ihn durchzuckte, war so rasch verflogen, wie er aufgeflammt war, als er bemerkte, daß sein Gefährt auf dem schmalen Gebirgspfad, der ihn eigentlich aufwärts führen sollte, mit halsbrecherischer Geschwindigkeit in die Tiefe raste.

Er war dem Mutwillen der Pferde vollständig preisgegeben und mußte seine ganze Geschicklichkeit aufbieten, nicht aus dem Wagen geschleudert zu werden, der jetzt von jedem Stein polternd in die Luft geworfen wurde und, in allen Fugen krachend, jede Sekunde zu bersten drohte.

Unter all den Gedanken, die Aryanand dabei wild im Kopf herumschossen, erinnerte er sich plötzlich auch, wie sein Meister ihm einmal ein großes Geheimnis anhand eines Beispiels mitgeteilt hatte:

„Auch das wildeste Streitroß will, wenn es ausbricht", so hatte er damals gesagt, „nur dorthin, wo es am liebsten ist, und wo es sich sicher fühlt.

Aber nirgendwo fühlt es sich so sicher und nirgendwo so wohl, wie zu Hause, in dem vertrauten Stall, aus dem es ursprünglich kommt."

„Deshalb", so folgerte Aryanand jetzt, „werden doch alle Pferde — auch meine — mit Freuden in diese Richtung laufen, zu guter Letzt selbst ihren Heimatstall finden, und spätestens dort wird die wilde Jagd dann sicherlich zu Ende sein."

Mit diesem Gedanken kehrte ein Hauch von Ruhe und Gelassenheit zu ihm zurück und, als ob sich sein wiedergefundenes Gleichgewicht über die goldenen Zügel auf das Gespann übertrug, begannen auch die Pferde ruhig zu werden und einen langsameren Schritt einzuschlagen.

Alle seine fünf Sinne zusammennehmend, konnte sie Aryanand jetzt äußerst behutsam in einem weiten Bogen wenden.

Als die Pferde seine Absicht spürten, sie dorthin zu führen, woher sie gekommen, ließen sie sich willig lenken und, als ob sie ihren Heimatstall schon aus weiter Ferne witterten, liefen sie jetzt — ganz von alleine — ausgelassen wiehernd bergauf.

Aryanand freute sich, die gefährliche Jagd mit heiler Haut überstanden zu haben. Welch ein Genuß, sich den kühlen Fahrtwind über die Stirn wehen zu lassen! Für einen Moment schloß er vor Glück seine Augen. Da sprang krachend sein eisernes Kästchen in Stücke, und die Bruchteile fielen klirrend hinter ihm auf den Weg. Dort aber, wo noch vor einer Sekunde das Kästchen aus Eisen gestanden hatte, lag nun eine kleine, in allen Farben schillernde Truhe aus Kupfer.

Von nun an wurde die Fahrt zu einem wahren Vergnügen. Ohne wirklich gelenkt werden zu müssen, liefen die Pferde in vollendeter Harmonie. Wie auf Wolken, ohne die geringste Erschütterung, rollte der Wagen über den Berg, und als ob Aryanands Wunsch allein ausreichte, sie zu lenken, liefen die Pferde freudig schnaubend bergan.

Aryanand fühlte sich wie der Wagenlenker, der ihm das Gespann überlassen hatte, und obwohl er tatsächlich die Eisentruhe, wie eine Art Fahrgeld, eingebüßt hatte, so hatte er doch dafür eine neue Truhe aus blank glänzendem Kupfer gewonnen.

Bis spät in die Nacht hinein liefen die Pferde unermüdlich weiter den Berg hinauf, und im Licht des Mondes und der funkelnden Sterne gelangte Aryanand mit seinem Gespann zu einem wunderbar glitzernden Felsenschloß.

Im Schloßhof fiel den Pferden von selbst das Geschirr von den Schultern, und sie trabten frei in den Park, um dort zu grasen.

Aryanand war von der wilden Fahrt, die er hinter

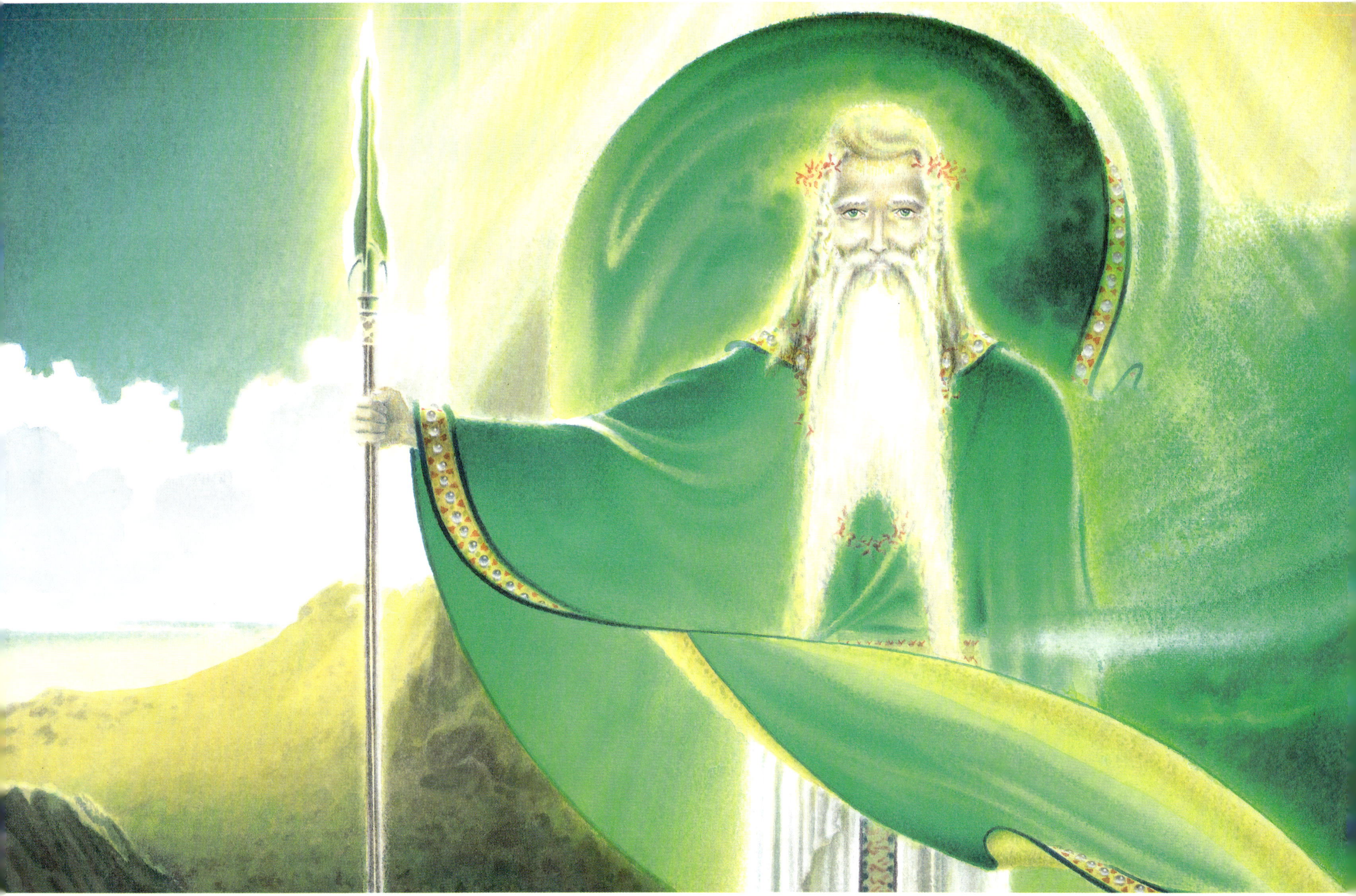

Vor ihm stand ein hochgewachsener Mann in einem weiten meergrünen Umhang. Die Borte des Umhangs war filigran mit schimmernden Perlen bestickt, und wenn der Wind in den Mantel blies, sah es aus, als ob der Mann mitten in einer Woge stünde und die Perlen, wie Luftbläschen, glitzernd um ihn her in die Höhe stiegen.

sich hatte, ziemlich erschöpft und fiel direkt auf der Plattform des Wagens, mitten im Schloßhof, in einen traumlosen Schlaf voller Licht.

Er schlief so lange, bis die Sonne ihn weckte. Im Schloßpark entdeckte er dann köstliche Früchte, an denen er sich gar nicht satt essen konnte, und als er zurück in den Innenhof kam, fand er die Pferde schon angeschirrt und zur Ausfahrt bereit.

Weil es galt, auf dieser Reise keine Zeit zu verschwenden, bestieg er, ohne sich aufzuhalten, den Wagen, lenkte das Gespann zu dem höher gelegenen Tor hinaus und setzte seine Fahrt weiter fort.

Munter und ausgeruht trabte sein Fünfergespann bergan, und bald erreichte Aryanand eine Stelle, wo der Pfad, schmal und fast ohne Steigung, rings um den ganzen Berg verlief. Gerade wollte er den Wagen um eine Kurve führen, da scheuten die Pferde plötzlich und weigerten sich ängstlich schnaubend, auch nur einen Schritt weiterzutun.

Über die Ursache ihres Verhaltens blieb er nicht lange im Zweifel, denn um die Felskante kam eine Gestalt, die er viel eher am Ozean als hier im Gebirge erwartet hätte.

Vor ihm stand ein hochgewachsener Mann in einem weiten meergrünen Umhang. Die Borte des Umhangs war filigran mit schimmernden Perlen bestickt, und wenn der Wind in den Mantel blies, sah es aus, als ob der Mann mitten in einer Woge stünde und die Perlen, wie Luftbläschen, glitzernd um ihn her in die Höhe stiegen.

Auch seine übrigen Kleidungsstücke waren kunstvoll mit schillerndem Perlmutt, mit Korallen und mit edlen Steinen des Meeres verziert.

Blaues, goldschimmerndes Haar floß ihm wie eine Welle bis auf den Rücken und wurde um die Stirn von einem Kranz roter Korallen zusammengehalten. Der Bart des Meermannes war lang und sah aus wie Seegras, das sich in fließendem Wasser bewegt.

Majestätisch, sein Umhang vom Wind machtvoll bewegt, er selbst aber unerschütterlich still, stand der Fremde da und schaute Aryanand stumm aus unergründlich tiefgrünen Augen an. Ohne zunächst ein Wort zu sagen, zog er mit seinem Speer, der eine wellenförmig geschliffene Spitze aufwies, eine Linie quer über den Weg.

Dann sprach der Mann aus dem Meer zu ihm: „Hier kommst du mit deinem schönen Wagen nicht weiter! Willst du höher hinaus, mußt du den Ozean beherrschen! Jede Woge, jede Welle, auch wie eine Welle entsteht und vergeht, müssen dir so vertraut sein und klar, wie Wasser in deiner hohlen Hand!

Gibst du mir diese Truhe dort auf dem Wagen zum Pfand, dann lehre ich dich die Kunst, das Spiel des Meeres zu verstehen und geleite dich sicher über den Ozean zu deinem nächsten Ziel. Denn du sollst wissen, mit einer Kiste aus Kupfer hat noch keiner vor dir das weite, stürmische Meer überquert."

Aber das Fürchten hatte Aryanand auf seinem bisherigen Weg schon verlernt, und außerdem sah er nicht ein, was er mit dem Ozean zu schaffen habe, wo er sich doch gerade hoch auf einem Berg befand.

Das versuchte er, dem Mann zu erklären. Auch, daß er es nicht für richtig halte, friedliebende Reisende mit einer völlig aus der Luft gegriffenen Drohung in Schrecken zu setzen, und daß er sich freiwillig niemals von seiner Truhe trennen werde.

Da sprach der meergrüne Mann zu ihm: „Für langes Reden fehlt mir die Zeit. Ich wollte dir eigentlich helfen. Doch wenn du nicht willst und dich weiter an diese Kiste klammerst, kann ich leider nichts für dich tun." Mit dieser Mahnung war er plötzlich vor Aryanands staunenden Augen verschwunden, wie von der Luft verschluckt.

Da tat es einen gewaltig krachenden Donnerschlag und, als habe jemand mit einem einzigen Hieb alle Wolkenberge zerrissen, fing es in Strömen zu regnen an.

Aber nicht nur vom Himmel stürzten die Wasser, von überall her brachen sie auch aus dem Berg. Aus jedem Felsspalt, unter jedem Stein sprudelten plötzlich gurgelnd neue Wassermassen hervor.

Aryanands Pferde gerieten in Panik. Die Zügel wurden ihm aus der Hand gerissen, der Wagen drohte zu kippen. Er selbst konnte gerade noch seine Kiste ergreifen, wurde ins Wasser geschleudert und fand sich im Nu zwischen haushohen Wogen mitten im Ozean treiben.

Da erinnerte er sich der Worte des Meermannes, daß er mit diesen Pferden niemals über den Ozean komme, und ihm dies auch nur gelingen werde, wenn er genau über jede Welle und jede Woge Bescheid geben könne.

Wie aber sollte Aryanand in seiner jetzigen Lage die Wellen beherrschen und das Meer überschauen? Wie sollte er dies überhaupt jemals kön-

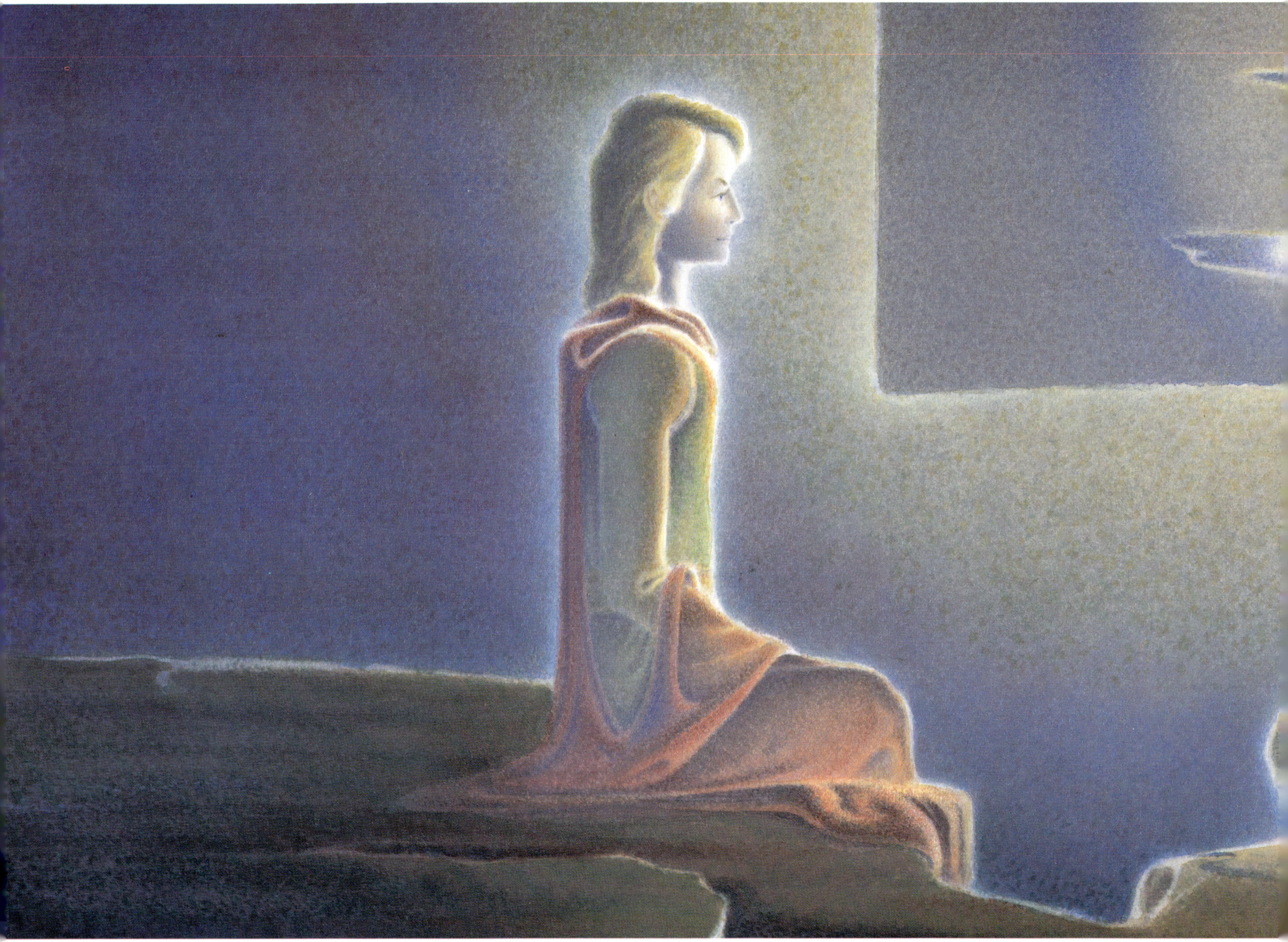

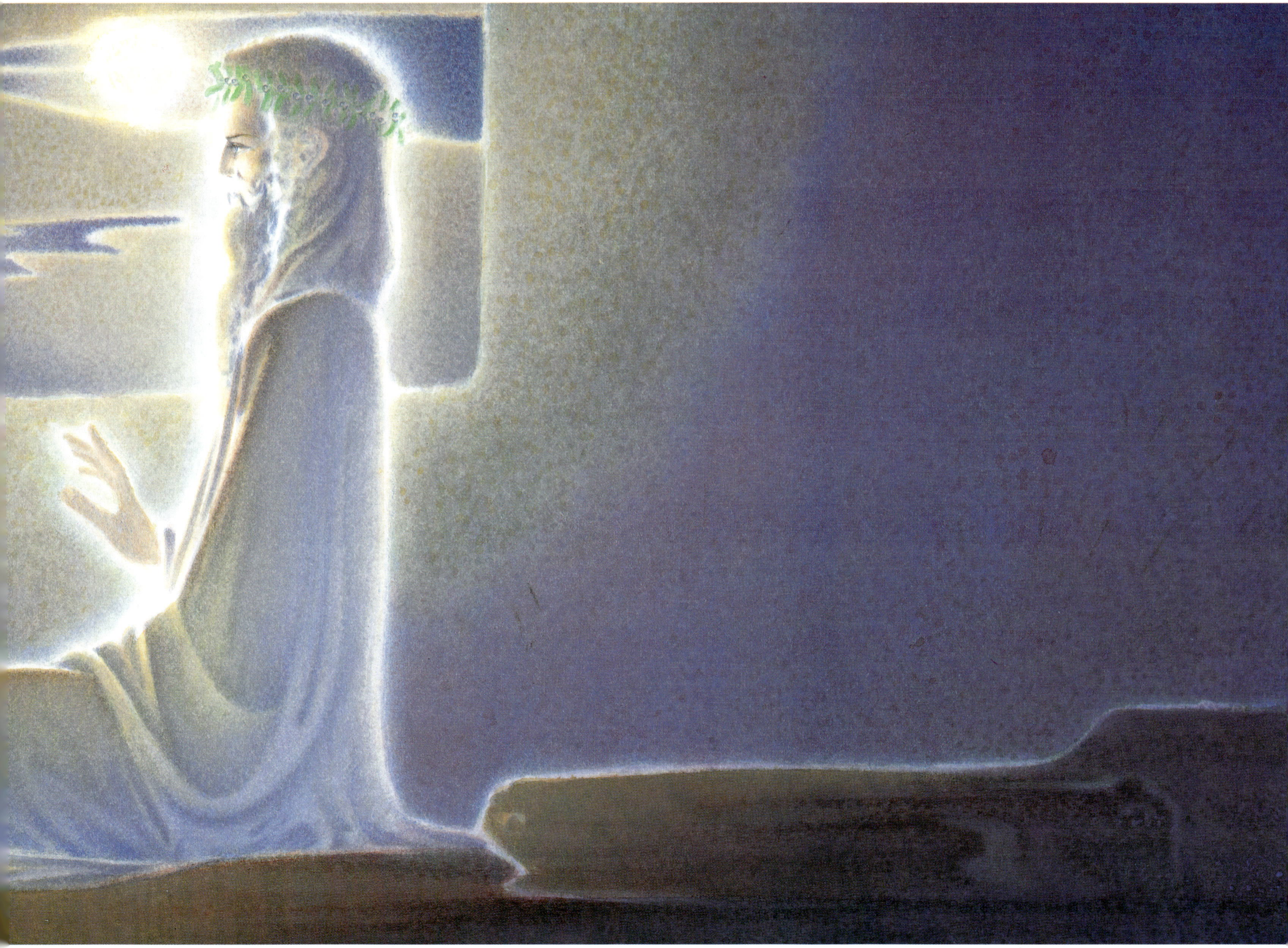

nen, wo doch ständig neue Wellen entstanden und wieder in der Unendlichkeit des unergründlichen Meeres vergingen? Am liebsten hätte er sich zurück auf den Berg gewünscht, um von dem Mann aus dem Meer die Kunst des Wellenzählens doch noch zu lernen.

Aryanand kam sich so hilflos vor, wie einst in einer stockfinsteren Nacht, in der ihn sein Meister gebeten hatte, doch die Dunkelheit aus dem Zimmer zu schaffen, damit man sich wieder sehen könne.

Über den seltsamen Wunsch seines Meisters war er zunächst nur verdutzt gewesen. Doch anhand dieses Lehrstückes hatte der ihm gezeigt, daß sich manch eine schwierige Lage nur mit Hilfe von neuem, zusätzlichem Wissen verändern läßt, ohne das man, selbst im Finsteren tappend, die Finsternis zu beseitigen sucht. Ebenso wie sich Dunkelheit nicht einfach zum Fenster hinausschieben läßt, sie aber sofort schwindet, sobald man ein einziges Licht entzündet, so aussichtslos war es jetzt für ihn, den tobenden Ozean überschauen zu wollen, ohne von einer ganz anderen Seite die scheinbar aussichtslose Lage in Angriff zu nehmen.

Aber würde er je das Geheimnis lüften, wie eine Welle aus der Tiefe entsteht, sich erhebt, entfaltet und spurlos wieder in der Unbegrenztheit des Ozeans vergeht? Um dieses alles zu ergründen, gab es für Aryanand nur eine einzige Möglichkeit, und er entschied sich, entschlossen zu handeln.

Ohne noch länger zu zögern und sich ins Unbekannte treiben zu lassen, schloß er die Augen, begann mit der wunderbar einfachen Übung, in der ihn sein Meister einst unterwiesen, und ward bald so ruhig und unbewegt still, daß er, ohne sich zu bemühen, noch ehe er selbst recht wußte wie, vollständig aufgehört hatte zu atmen, während — wie schon bei dem Kampf mit dem Riesen — ein ganz feines, kaum spürbares inneres Atmen ihn doch glockenhell wach und lebendig hielt.

Da war ihm, als ob die Wasser aller Meere, Teiche, Flüsse und Bäche der ganzen Welt zu einem einzigen, unbewegt windstillen Ozean in seinem Herzen zusammenströmten.

Jetzt ließ Aryanand einfach los — dachte an nichts mehr — und ließ sich sinken.

Wie ein Stein, den man ins Meer wirft, erreichte er ohne Mühe den Grund, und von hier aus blickte er nun zur Oberfläche des Wassers empor.

In derselben Sekunde war ihm klar, daß er die Aufgabe, die ihm der Meermann gestellt, mit diesem Blick so gut wie gelöst hatte. Was auf der Oberfläche des Meeres ein unüberschaubares Toben war, war von hier, aus der tiefen Stille betrachtet, ein zierliches, wunderschön filigranes Spiel von Farben, Wasser und Licht.

Kaum hatte er dieses Wunderschauspiel erblickt, da glitt ihm das kupferne Kästchen aus seinem Arm und zersprang lautlos in tausend Stücke. Zu seinen Füßen aber lag eine kleine Truhe aus gediegenem Silber, die bisher in jener aus Kupfer verborgen war. Schloß und Riegel jedoch fehlten, wie bei dem alten, auch an dem neuen Kästchen aus Silber.

Da sah Aryanand den Mann, den er zuletzt auf dem Bergpfad getroffen hatte, über den Meeresgrund näherkommen. Von einem bunten Schwarm schillernder Fische umschwommen, rührte er spielerisch – wie zum Spaß – mit seinem Speer durch das stille Wasser. Und was er als eine ganz leichte, kaum merkliche Welle in der Tiefe erzeugte, vervielfachte sich zu immer stärkerer Brandung, je weiter es von hier zur Oberfläche des Meeres stieg.

Fasziniert blickte Aryanand den nicht zu zählenden winzigen Luftbläschen nach, die dabei entstan-

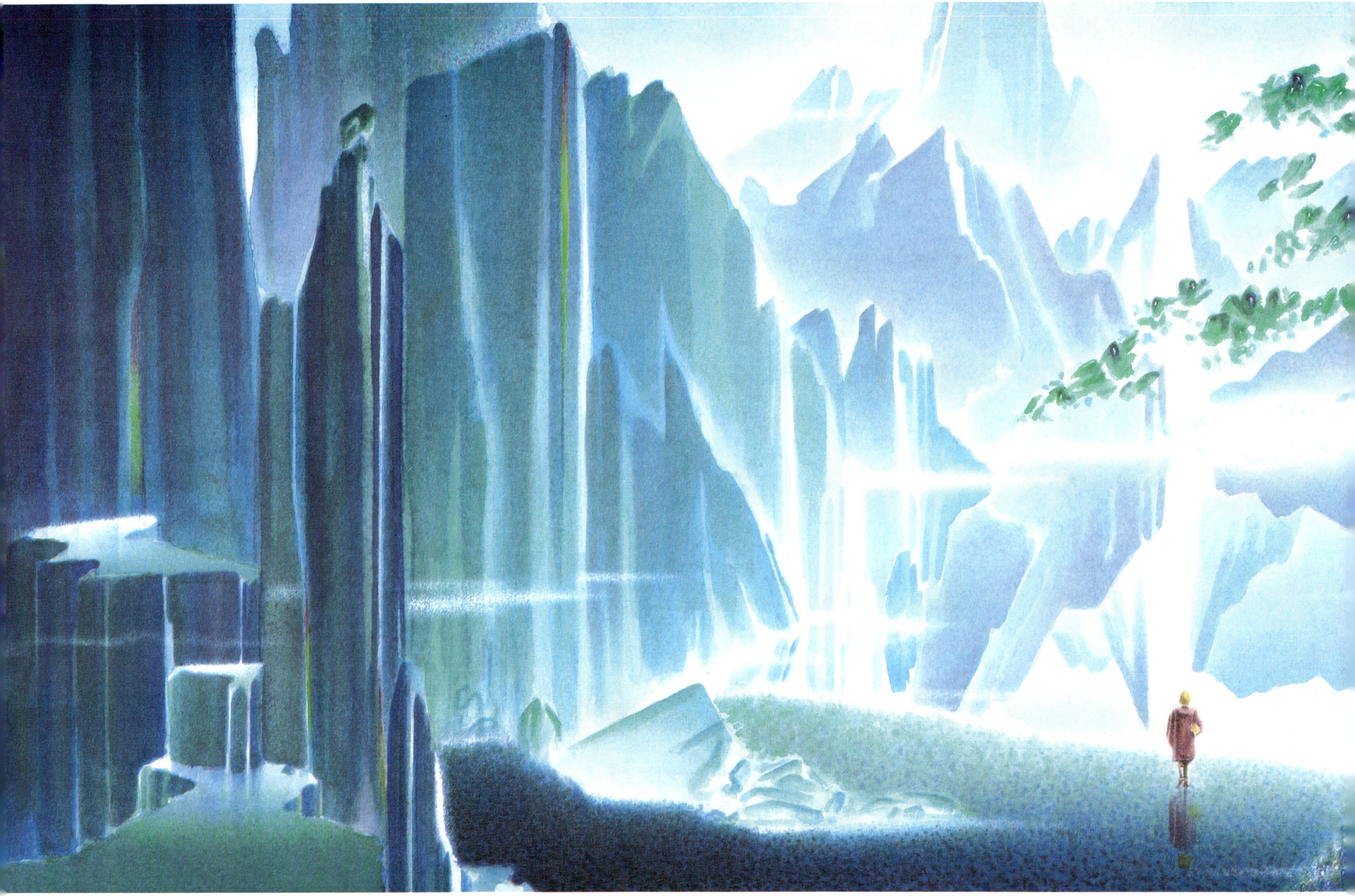

Spiegelglatte Wände aus geschliffenem Diamant ragten zu allen Seiten des Tals in den Himmel und ließen nicht einmal einen Pfad, der Aryanand um den See herumgeführt hätte.

den waren und nun, wie Perlenströme seiner eigenen Gedanken, glitzernd und funkelnd um ihn her vom Meeresgrund in die Höhe strebten.

„Jetzt kennst du das Geheimnis der Wellen, denn du hast die Tiefe des Ozeans geschaut", sprach herrlich lachend der Mann im Meer. „Auch deine Kiste aus Kupfer mußtest du mir auf dem Meeresgrund opfern, und weil sich die Probe, die ich dir stellte, schon von selbst beantwortet hat, führe ich dich auch gerne wieder auf deinen Berg zurück. — Tatsächlich", sprach er, „hast du ihn eigentlich niemals verlassen."

Auch Aryanand lachte, denn es gefiel ihm, dem Spiel der Wellen weit über sich zuzuschauen, und er freute sich an dem ständig wechselnden Mosaik von farbig gebrochenem Licht, das nach festen Gesetzen, wie in einem riesigen Kaleidoskop, zu immer neuen, wundervollen Bildern auseinander- und wieder zusammenfloß.

Dann spürte er, wie ihn eine sanfte Strömung erfaßte und mit sich fort in die Höhe trug, und ehe er sich versah, setzte ihn eine Welle, sicher und sanft, auf einer Felsklippe ab.

Aryanand hatte noch gar nicht recht begriffen, wie ihm geschah, da war plötzlich der ganze Ozean verschwunden, als hätte es ihn niemals gegeben, und er fand sich — über einem blendend weiß wogenden Wolkenmeer — auf dem ihm bekannten Gebirgspfad wieder, nur schon viel höher als dort, wo er ihn kürzlich so unfreiwillig verlassen mußte.

Die silberne Kiste unter dem Arm, zog Aryanand weiter den Berg hinauf. Nachdem er so eine Weile gewandert war, bemerkte er, daß die Felsen und Pflanzen entlang des Pfades immer durchsichtiger wurden und zu funkeln begannen.

Schließlich gelangte er in ein Tal, in dem alles aus reinstem Bergkristall war. Die Gräser, Blumen, Bäume, Felsen, selbst Käfer und Schmetterlinge, die er dort sah, waren alle aus feinstem Edelgestein, und glitzernd spielte darin die Sonne in zarten, farbigen Lichtern.

Die ganze Gegend war wie verzaubert. Kein Windhauch regte sich, und tiefe Stille lag, wie eine unsichtbare, kristallene Kuppel, über dem ganzen Tal.

Aryanands Weg war nach wenigen Schritten zu Ende — auf dem juwelenglitzernden Strand eines Sees, dessen Wasser den Talboden gänzlich bedeckte und das so still, klar und leuchtend zu seinen Füssen lag wie ein reiner, makellos strahlender Diamant. Nicht die leiseste Welle kräuselte seine Oberfläche, und der staublose Spiegel des Wassers reflektierte den Himmel und die gesamte Umgebung, bis hin zum kleinsten, glitzernden Sandkorn. Hohe, leuchtende Bäume aus Diamant, mit Blättern aus reinem Bergkristall, in denen sich jeder Sonnenstrahl in tausend funkelnden Farben brach, wuchsen nicht weit von der Stelle, an welcher der staunende Aryanand stand.

Spiegelglatte Wände aus geschliffenem Diamant ragten zu allen Seiten des Tals in den Himmel und ließen nicht einmal einen Pfad, der Aryanand um den See herumgeführt hätte.

Am gegenüberliegenden Ufer jedoch, an einer Stelle, an der eine zweite Gruppe leuchtender Kristallbäume stand, verlief der Weg weiter zum Tal hinaus.

Aryanand bereitete sich vor, den See zu durchschwimmen, anders schien es nicht möglich, den Ausgang des Tales zu erreichen. Doch kaum hatte er einen Fuß ins Wasser gesetzt, sprang er erschrocken zurück – das Wasser des Sees war noch kälter als Eis!

Da sah er vom jenseitigen Ufer eine leuchtende Gestalt über das Wasser des Spiegelsees kommen, so als hätte er mit der Welle, die er gerade erzeugt hatte, diese zu sich herbeigerufen.

Wie alles in diesem Tal war auch der Mann, der dort kam, wie aus reinstem Kristall. Er hatte langes, golden glänzendes Haar, und seine Kleidung war aufs kunstvollste aus fließenden Kristallen gefertigt.

In seiner Rechten hielt er ein gleißendes Schwert, die schlanke, doppelseitig geschliffene Klinge aus einem einzigen Diamant. Er trat von See ans Ufer auf Aryanand zu, und da erst fiel diesem auf, daß das Wasser unter den Schritten des Mannes nicht im geringsten gezittert hatte.

„Ich freue mich, daß du schon einen so weiten Weg auf diesem Berge hinter dir hast. Doch um über diesen See zu gelangen, bedarf es noch höherer Kunst, als du sie bisher schon bewiesen", redete der Mann mit dem gleißenden Schwert Aryanand freundlich an.

„Um diesen See führt kein Weg herum, und daß man ihn nicht durchschwimmen kann, hast du bereits erfahren. Doch man kann darüber laufen, wie du soeben mit eigenen Augen gesehen hast.

Wie jeden, der schon vor dir an dieser Stelle stand, will ich dich gerne hinübergeleiten, wenn du einen von diesen Bäumen mit zum anderen Ufer

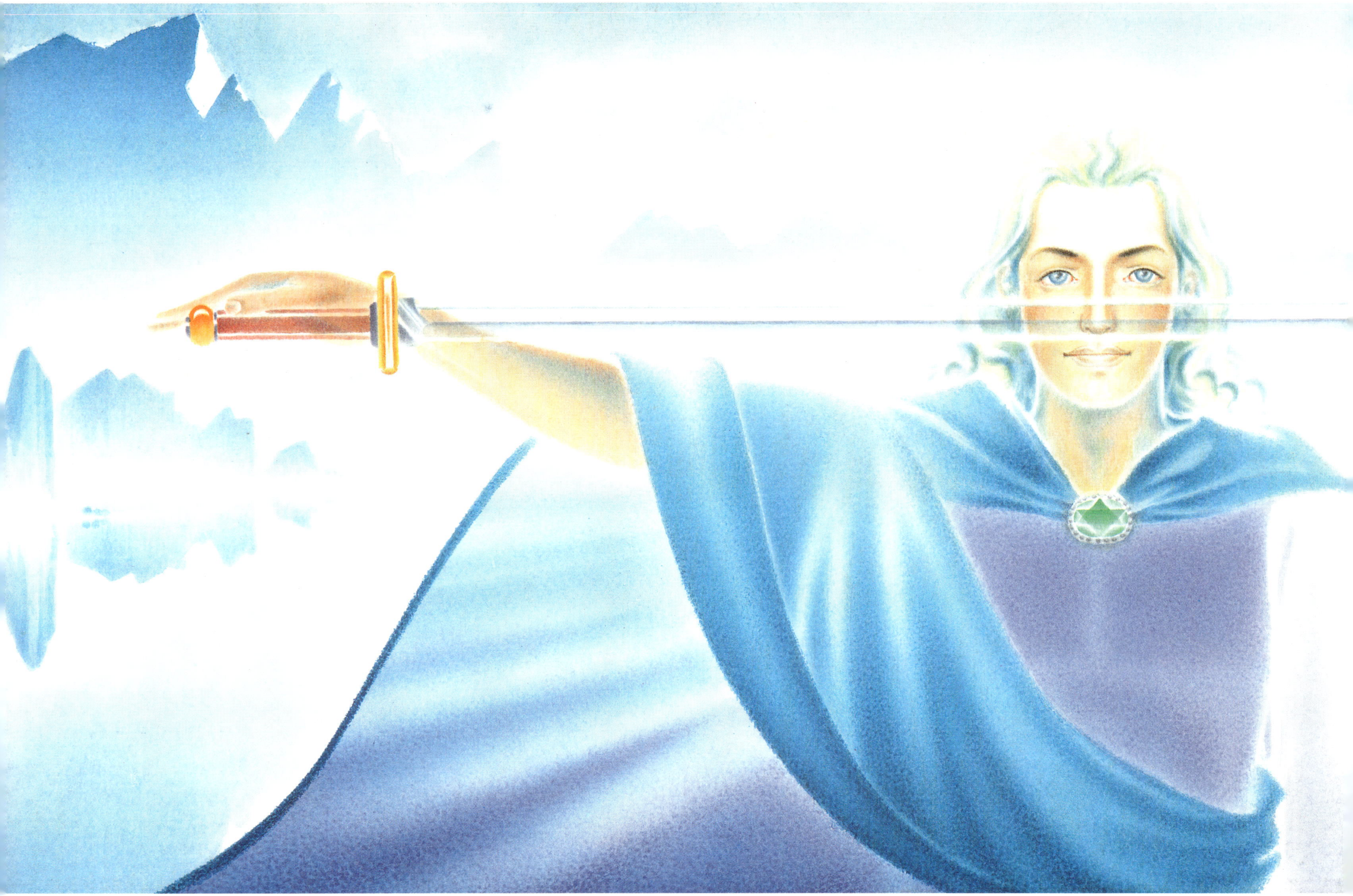

In seiner Rechten hielt er ein gleißendes Schwert, die schlanke, doppelseitig geschliffene Klinge aus einem einzigen Diamant. Er trat von See ans Ufer auf Aryanand zu, und da erst fiel diesem auf, daß das Wasser unter den Schritten des Mannes nicht im geringsten gezittert hatte.

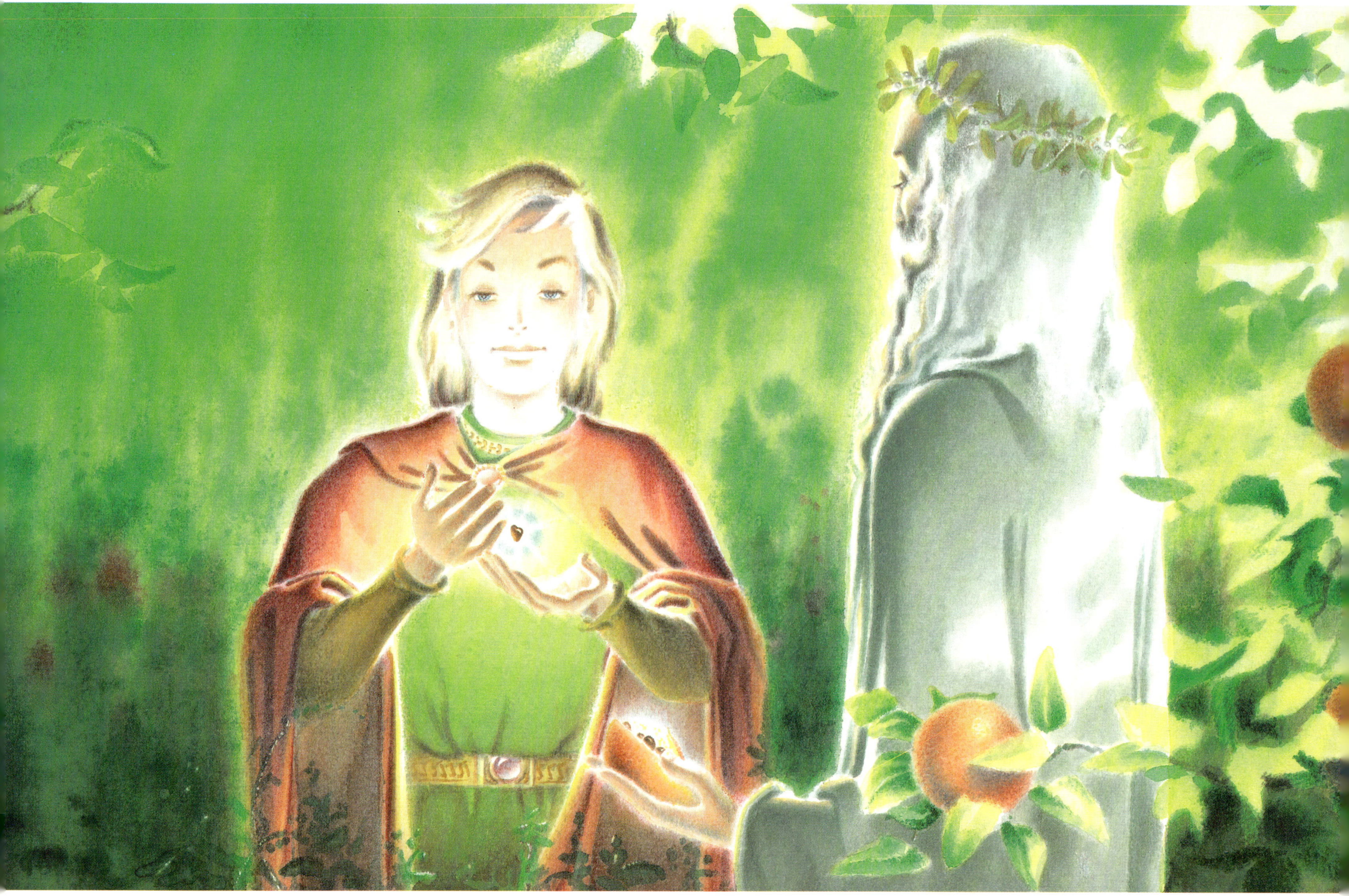

Sein Lehrer hatte ihn damals um eine Frucht aus den Zweigen gebeten, die Frucht dann geteilt und ihm einen der vielen Kerne, die darin enthalten waren, zurückgereicht, mit der Bitte, nun seinerseits diesen wieder behutsam zu öffnen. Dann hatte ihn sein Meister gefragt, was er sehe. „Nichts!" hatte Aryanand daraufhin, verwundert über die Frage, gesagt. „Nichts, nur einen leeren Kern!" – und beide mußten sie lachen.

bringst." Dabei zeigte er mit seinem Schwert zu den Edelsteinbäumen in ihrer Nähe.

„Außerdem wirst du deine silberne Truhe in diesem Tal zurücklassen müssen, falls du vorhast, jenseits des Sees weiter den Berg zu erklimmen."

Aryanand versuchte vergeblich, den Mann zu bewegen, ihm die Aufgabe zu erleichtern und ihn zu überzeugen, daß er das Erbstück seines Vaters nicht hergeben könne.

Dieser jedoch ging überhaupt nicht auf seine Bitten ein, sondern forderte ihn noch einmal auf, einen Baum zu nehmen und ihm einfach über den See zu folgen. Auf der anderen Seite sei dann noch Zeit genug, sich über die Kiste einig zu werden.

Damit drehte er sich auf dem Absatz um, stieg auf das Wasser und ging, ohne ein weiteres Wort zu verlieren und ohne sich noch einmal umzublicken, mit sicheren Schritten über die Spiegelfläche des Sees dem anderen Ufer entgegen. Völlig verblüfft blieb Aryanand auf dem glitzernden Strand zurück.

Zwei unmöglich scheinende Dinge zugleich hatte der Herr dieses Tales von ihm verlangt. An die dritte Bedingung, die silberne Truhe einem Fremden zu geben, wagte er jetzt noch gar nicht zu denken.

Am Ufer sitzend, blickte er abwechselnd auf die spiegelglatte Wasserfläche und zu den diamantenen Bäumen hinüber. Wie sollte er jemals einen solch riesigen Baum in die Hände nehmen und dann auch noch über den See tragen können, ohne sofort darin zu versinken?

Seine Gedanken gingen zurück zu der glücklichen Zeit, die er in den Wäldern bei seinem Meister verbracht hatte.

Eines Tages hatten sie zusammen im Schatten eines uralten Baumes gestanden.

Sein Lehrer hatte ihn damals um eine Frucht aus den Zweigen gebeten, die Frucht dann geteilt und ihm einen der vielen Kerne, die darin enthalten waren, zurückgereicht, mit der Bitte, nun seinerseits diesen wieder behutsam zu öffnen. Dann hatte ihn sein Meister gefragt, was er sehe. „Nichts!" hatte Aryanand daraufhin, verwundert über die Frage, gesagt. „Nichts, nur einen leeren Kern!" — und beide mußten sie lachen.

Da jedoch hatte sein Meister den Schleier, der ihm das Geheimnis verbarg, gelüftet und gelehrt, die in allen Dingen verborgene Wirklichkeit mit dem inneren Auge der Wahrheit zu schauen. Wie aus diesem „Nichts" eines jeden der winzigen

Kerne, in jeder der vielen Früchte, die über ihm in den Zweigen hingen, einmal ein so gewaltiger Baum wachsen würde, wie der, unter dem sie gerade standen.

Staunend hatte Aryanand auf das Samenkorn in seiner Hand geschaut und im Augenblick eines Wimpernschlages den in dem winzigen Samen verborgenen riesigen Baum erkannt.

Kaum hatte er jetzt – hier am Ufer des Spiegelsees sitzend – diese Gedanken zu Ende gedacht, da hob er eines der Samenkörner, wie sie tausendfach von den Kristallbäumen heruntergefallen waren, auf, um es genau zu betrachten.

Durchsichtig rein, wie ein glitzernder Wassertropfen, lag es in seiner Hand. Doch er schaute darin, klar – wie durch ein Zauberglas –, vollkommen bis ins Feinste schon ausgebildet, den mächtigen diamantenen Baum mit allen Zweigen, Blättern, Blüten und Früchten, der einst aus diesem Samenkorn keimen würde.

Im Überschwange seines Glücks, mit diesem durchsichtigen Edelstein einen ganzen Baum in Händen zu halten, sprang er damit, ohne sich zu besinnen, auf den glänzenden See.

Obwohl es ein heftiger Sprung war, entstand dabei nicht die leiseste Welle.

Ungläubig staunend blieb Aryanand stehen, um auf das Wasser hinabzuschauen. Für einen Augenblick wußte er nicht, ob er sein Spiegelbild war oder sein Spiegelbild unter sich sah.

Schwindel erfaßte ihn, als sich sein Blick in dieser unendlichen Klarheit verlor.

Da lief eine Welle, von seinen Füßen ausgehend, über den ganzen See, und er konnte sich gerade noch ans Ufer retten, bevor er in dem Eiswasser untersank.

Aber Aryanand hatte zugleich auch erkannt, warum das Wasser erst ruhig gewesen, dann aber plötzlich gezittert hatte. Er wußte nun, daß es ebenso unbewegt blieb oder ebenso stark erschüttert, wie er selbst in seinem Inneren ruhig war oder im Herzen unruhig zitternd. Jeder feinste Gedankenimpuls übertrug sich sofort als Erschütterung auf die Oberfläche des Sees.

Doch er kannte ja das Geheimnis, selbst den stärksten Sturm von Gedanken vollständig zum Schweigen zu bringen. –

Und so setzte er sich ans Ufer, schloß seine Augen und übte die gleiche Kunst, die ihm schon vor den Schlägen des Riesen und dann auf dem Meer gerettet hatte. Das Letzte, was er gerade noch wahrnahm,

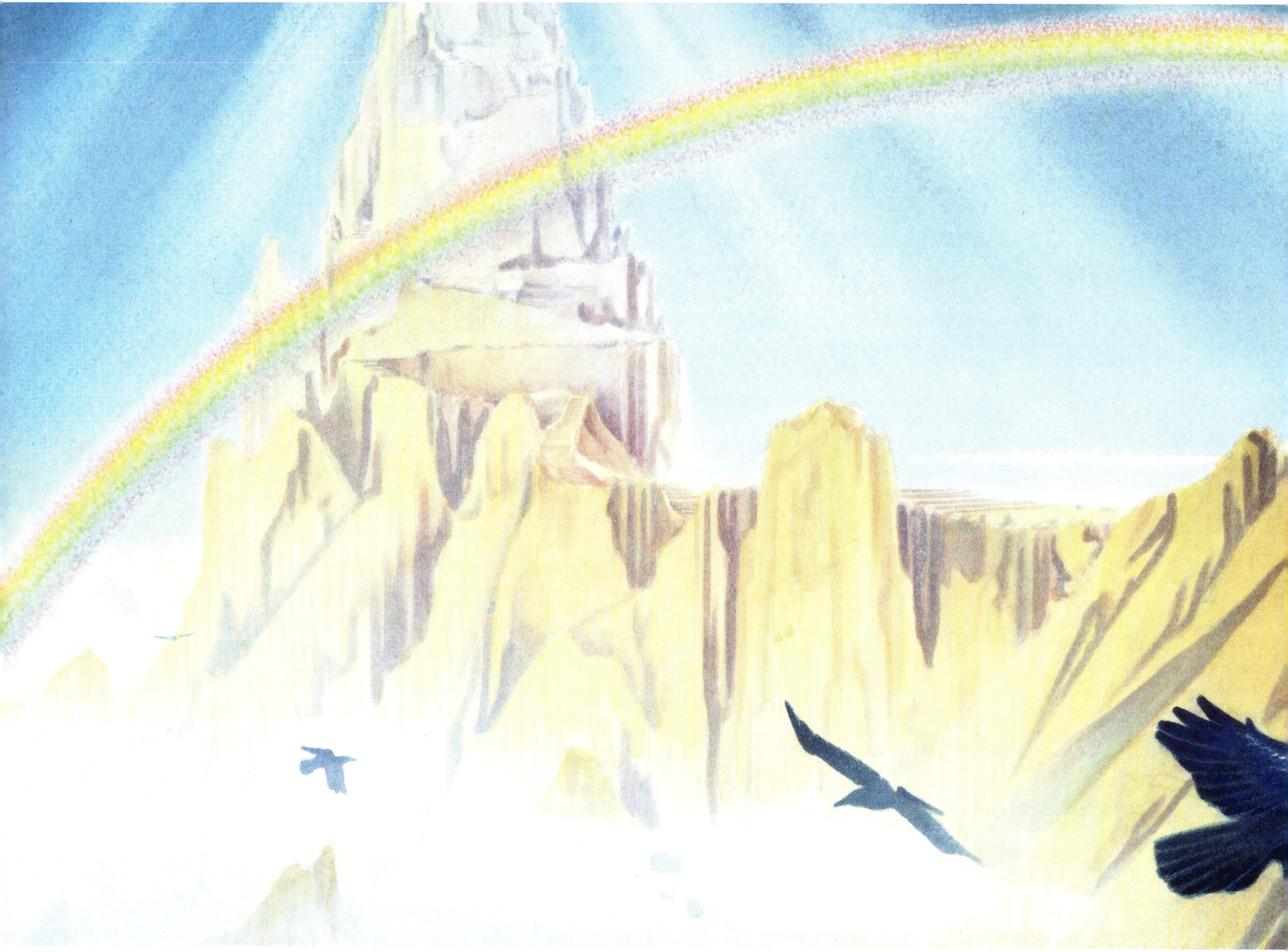

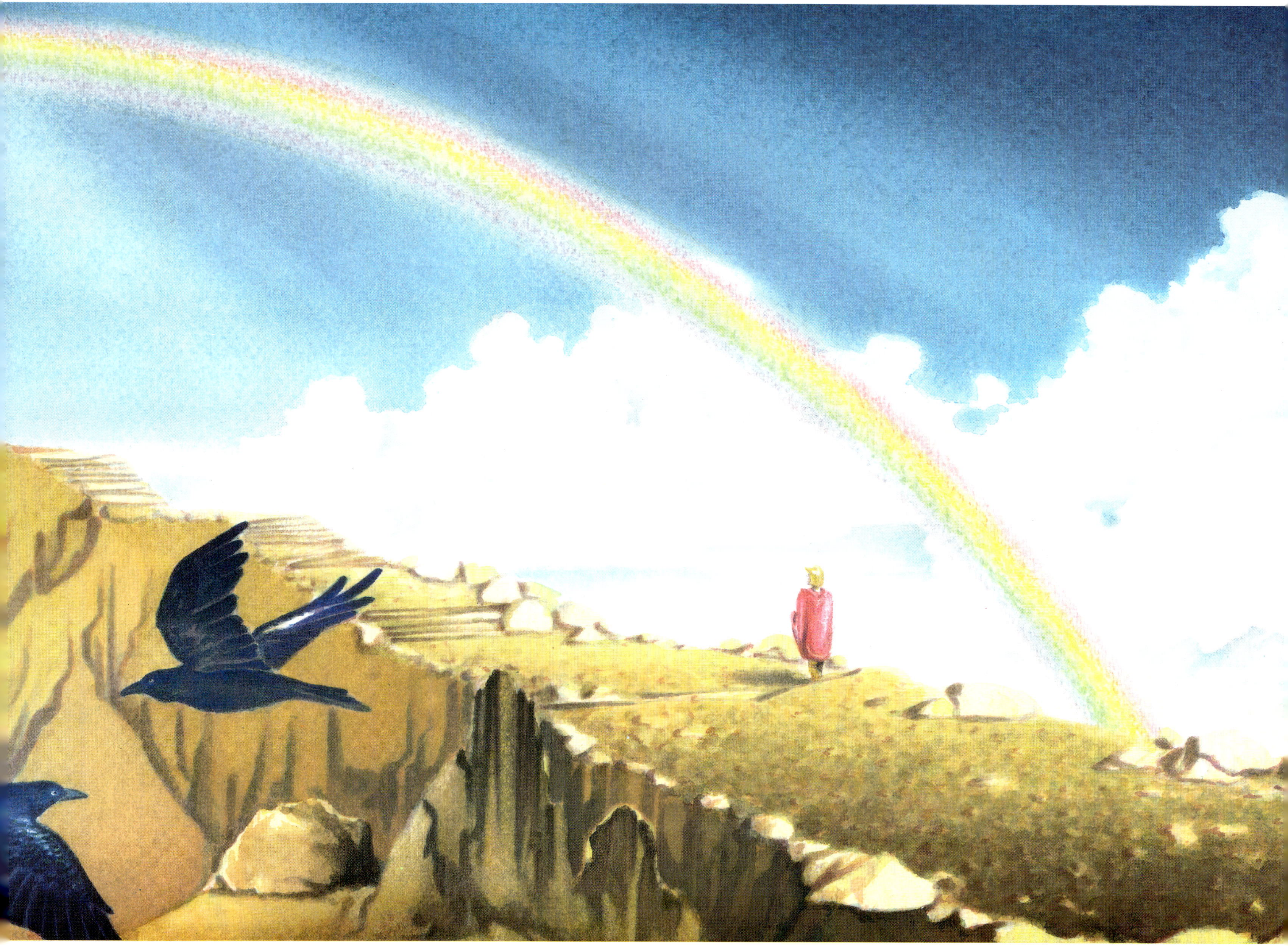

bevor sich sein feinster Gedanke in strahlendes Licht aufgelöst hatte, war, wie seine Kiste aus Silber in tausend funkelnde Stücke zersprang.

Als Aryanand wieder die Augen aufschlug, stand neben ihm, statt der Silberkiste, eine kleinere Truhe aus glänzendem Gold. Der Deckel jedoch ließ sich wieder nicht heben, obwohl weder Schloß noch Riegel an dem Kästchen zu finden waren.

In seinem Herzen fühlte sich Aryanand jetzt so rein, so unbewegt still und so klar, wie der leuchtende See, der unergründlich vor ihm lag.

Er nahm die Truhe, trat, als sei es die selbstverständlichste Sache der Welt, furchtlos und schweigend auf das spiegelnde Wasser und lief, als habe er Diamant unter den Füßen, darüber hinweg zum anderen Ufer.

Dort kam ihm der in Kristall gekleidete Mann entgegen, lächelte, als er die goldene Kiste sah, die Aryanand bei sich trug und freute sich herzlich, als der ihm alles erzählte und das Kristallsamenkorn vor die Augen hielt.

„Ab heute magst du zum Andenken an dieses Tal immer einen Edelsteinbaum bei dir tragen," sagte er am Schluß des Gespräches lachend zu Aryanand und überließ ihm den Kristall als Geschenk.

Die Nacht verbrachten sie am Ufer des schweigend leuchtenden Sees, und am nächsten Morgen machte sich Aryanand wieder auf seinen Weg.

Die Welt hier oben war ganz in das blaue, flimmernde Licht des wolkenlos strahlenden Himmels getaucht, und je höher Aryanand stieg, um so stärker begannen sich Himmel und Berg in Farbe und Transparenz zu durchdringen.

Kein Laut war zu hören, und selbst das Geräusch seiner Schritte wurde sofort von der Luft und von den Felsen verschluckt. Aryanand kam sich vor, als ob er im feierlichen Schweigen der Ewigkeit direkt in den höchsten Himmel stiege.

Noch eine letzte Biegung des Felsenweges, noch einige steil herausgeschlagene Stufen hinauf und er stand auf dem Gipfel:

Vor ihm lag eine kahle, völlig ebene Felsenplatform. Weit und breit war sonst nichts zu sehen. Nur Stille, nur Leere und nicht die geringste Spur, wie oder ob überhaupt es von hier aus noch weiterginge.

Da kam, wie aus dem Nichts oder wie aus der blauen Luft heraus, eine kleine Gestalt über die kahle Fläche auf Aryanand zu. Die Art und Weise aber, wie sich diese bewegte, war das Seltsamste, was ihm bisher überhaupt jemals begegnet war.

Sie sah aus wie ein winziges menschliches Wesen, war in ein zierlich geschneidertes, dunkelblau schimmerndes Wams gekleidet und hüpfte in den verdrehtesten Sprüngen, Kapriolen und Kobolz schlagend, völlig geräuschlos, fast wie ein kleines, flackernd tanzendes Licht, über das leere Felsenplateau. Bei jedem Satz sah es aus, als wolle sie über sich selbst hinausspringen, und mit einem wilden, sausenden Überschlag landete der seltsame Zwerg, leise klirrend lachend, genau vor Aryanands Füßen.

„Da stehst du nun auf dem Berg der Weisheit", sprach der blaue Kobold mit leiser Stimme zu ihm. „Ich weiß auch, warum du gekommen bist. Doch, daß es hier oben so kahl ist und gar nichts zu sehen gibt, hast du wohl nicht erwartet."

„Vielleicht hat die Krone, die du hier suchst, schon ein anderer vor dir geholt", spottete der Zwerg weiter.

„Jedenfalls solltest du mir zuerst einmal deine Goldkiste geben! Schließlich stehst du auf meinem Hoheitsgebiet, ohne mich vorher gefragt zu haben! Hat dich denn irgend jemand gerufen, oder warum bist du gekommen? Gib mir die Kiste, dann will ich dir zeigen, wie du hier, auf diesem kahlen Gipfel, vielleicht doch etwas Wertvolles finden kannst!"

Das aber schien Aryanand ein zu unsicherer Handel zu sein, und er setzte sich auf die goldene Truhe, um zu bekunden, daß er sie nicht hergeben werde.

Da schlug der Zwerg leise kichernd einen wirbelnden Purzelbaum über den Rand der Klippe hinaus in die Tiefe und war im nächsten Moment verschwunden.

Doch keine Sekunde später kam er schon wieder in seltsamen Kapriolen aus genau der entgegengesetzten Richtung über die Plattform auf Aryanand zu.

„Ganz unten im Tal hab' ich die Krone des Lebens gesehen", fuhr der Kobold fort, ihn zu necken.

„Die Zeit und die Mühe hier heraufzusteigen, hättest du dir besser gespart. Doch noch ist nicht alles verloren! Ich will dir verraten wie du sie bekommst.

Die Krone des Lebens wirst du nur finden, wenn es dir gelingt, über deinen Schatten zu springen! Wie das geht, habe ich dir gerade schon vorgemacht. Ganz in die Tiefe, zum Fuß des Berges mußt du noch einmal springen. Dein Schatten wird es nicht wagen, dir über den Rand der Klippe zu folgen. Nur Mut und frisch gewagt!"

Dies waren die letzten Worte, die der seltsame Zwerg zu Aryanand sprach.

Dann sprang er, wie von einer Feder in die Luft geschnellt, mit einem einzigen, komisch verdrehten Satz von der Stelle, wo er gerade stand, lachend über den Klippenrand. Vor der Kante aber blieb, wie ein dunkler Fleck auf dem Fels, tatsächlich sein kleiner Schatten zurück.

Dies alles kam Aryanand so unwirklich vor, als habe sich eine Fata Morgana vor seinen Augen in Luft aufgelöst.

Aber er hatte ja mit dem Zwerg gesprochen und mit eigenen Augen dessen seltsames Schauspiel verfolgt – oder nicht? Deshalb begann er, seine Begegnung mit diesem Schattenspringer noch einmal in Ruhe zu überdenken.

Darüber wurde es Abend. Doch was er von alledem halten sollte, war ihm immer noch rätselhaft, und über seinen Gedanken sank er in einen lichten Schlummer mit einem wunderschönen Traum.

Zusammen mit seinem Meister saß er am Waldesrand auf einer blumenbestreuten Wiese, die sanft in ein herrliches Tal abfiel. Unter den Worten der Weisheit, die sein Lehrmeister zu ihm sprach, wurden sein Herz und Verstand weit, licht und frei. Wie ein golden leuchtender Adler stieg sein Denken höher und höher, in unendliche Weiten.

Da huschte, für Bruchteile eines Augenblicks, der Schatten eines großen Vogels über sie hin, und er blickte zum Himmel empor. Dort schwebte tatsächlich, majestätisch und ohne Flügelschlag, ein mächtiger Adler, leuchtend wie Gold.

Im gleichen Moment, in dem er ihn sah, war er selbst dieser große goldene Adler und schraubte sich schwebend, in immer weiteren Kreisen, frei in den blauen, strahlenden Äther.

So schwang er sich selbst, hoch über sich selbst hinaus, ins Licht des unendlichen Himmelsraumes und blieb doch selbst unter sich selbst – fast wie ein Schatten – auf der Blumenwiese zurück. Mit dem scharfen Auge des Adlers sah er die Welt aus der Vogelschau – klar und deutlich, die kleinsten Dinge – und doch, im Licht, das von innen in seinem Auge leuchtete, war alles, was er unter sich sah, irgendwie schattenhaft.

Dann saß er wieder – selbst unter sich selbst – inmitten der Blumen am Waldesrand; war gleichzeitig hier und als Adler dort, hoch oben über sich im Licht des Himmels; und das Glück, das ihn dabei durchrieselte, machte ihn von Herzen lachen. – Da war der Traum zu Ende.

Am frühen Morgen, als Aryanand erwachte, waren ihm die Bilder des Traumes noch deutlich vor Augen, und er wußte, daß dieser ein Gleichnis war.

Auch das seltsame Spiel des Schattenspringers durchschaute er jetzt; es war nur eine Prüfung, die aber ein Geheimnis enthielt, das er mit seinem Verstand allein nicht würde lösen können.

Er wußte, es galt, die Quelle dieses inneren Lichtes zu erreichen, das so hell im Auge des Adlers strahlte, daß verglichen mit diesem Glanz alles andere nur wie ein Schatten erschien.

Alles, was er bisher erlebt hatte, kam ihm vor, wie Bilder aus einem Traum, unwirklich, seinem eigenen Kopf entsprungen. So viele eigenartige Dinge, für die es zunächst keine Erklärung gab, waren ihm schon auf dem Berg begegnet, aber zu guter Letzt hatten sich alle wie Wolken im Wind wieder aufgelöst.

Deshalb war Aryanand zuversichtlich, auch diese neue Probe mit Erfolg zu bestehen. Er war entschlossen, nicht so töricht zu sein, dem Zwerg über die Klippe zu folgen.

Zufrieden mit sich über diese Entscheidung,

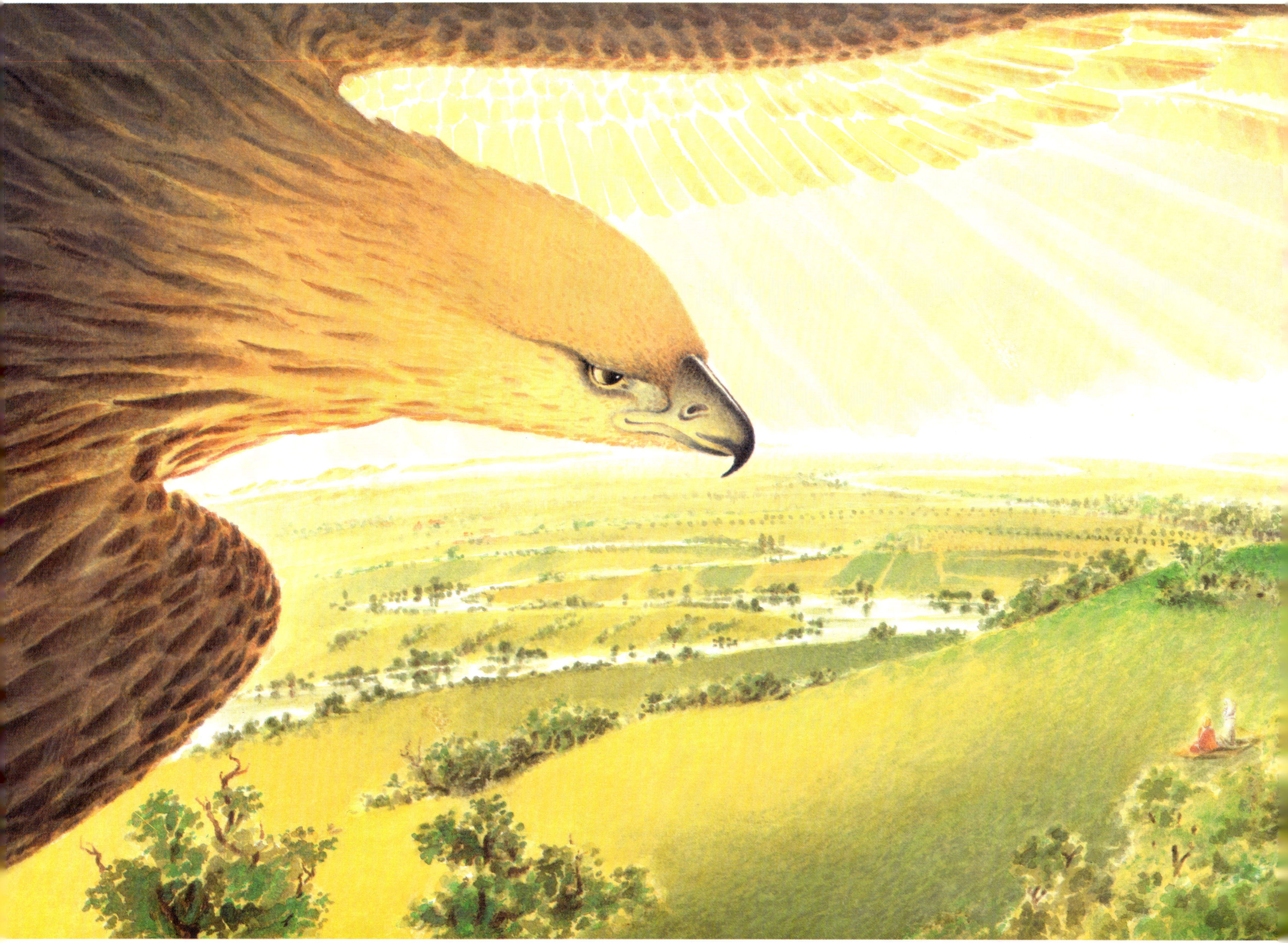

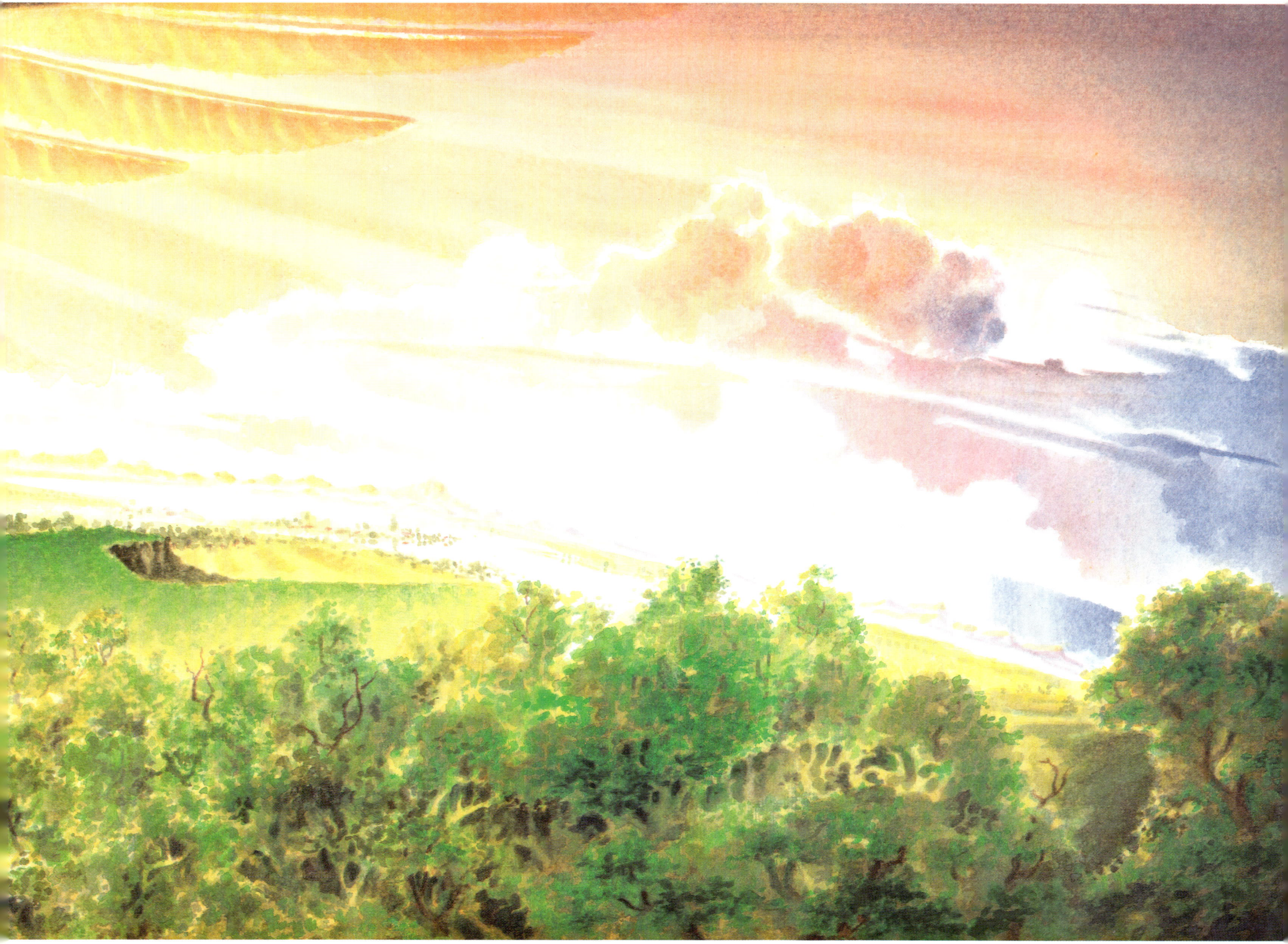

schloß er noch einmal die Augen und freute sich, allein mit sich selbst und am Leben zu sein.

Ganz von alleine und ohne sich darum zu bemühen, begann er in seinem Geiste die Kunst zu üben, die er einst als Geheimnis von seinem Meister erlernt hatte.

Da war ihm, als ob er — fast wie in dem Traum von dem Adler — selbst über sich selbst hinaus, hoch in ein strahlend goldenes Licht stieg, so leicht und so mühelos, als ob er nach oben fiele.

Als er vor Überraschung blinzelnd die Augen öffnete, war er zunächst wie geblendet. Er saß noch immer am gleichen Fleck, an dem er schon vorher gesessen hatte. Doch wie hatte sich der kahle, trostlose Gipfel verwandelt!

War vorher nur nackter Fels da gewesen, so saß er jetzt auf lauterem Gold, und vor seinen staunenden Augen ragte der herrlichste Goldpalast dieser Welt in den Himmel.

Goldene Ranken mit Blüten aus buntem Karfunkelstein wuchsen an den Säulen empor, und Blumen mit Edelsteinblüten und goldenen Blättern zierten den Treppenaufstieg zum Tor. Alles erstrahlte in so leuchtendem Glanz, daß Aryanand nirgendwo einen Schatten erblickte.

Ungläubig über das, was er sah, rieb er sich noch die Augen, da öffnete sich mit einem wohlklingend rollenden Ton das golden verzierte Tor des Palastes, und der seltsame Schattenspringer kam die Stufen herab auf Aryanand zu.

Er trug noch immer den gleichen Wams, doch die blaue Farbe strahlte nun sanft, wie das innere Licht einer Kerzenflamme. Auch sein Gebaren hatte sich völlig verändert. Statt kobolzschießend und purzelbaumschlagend kam er jetzt ruhig, fast würdevoll, wie ein Flämmchen, welches an einem windstillen Ort nicht flackert, die goldenen Stufen herabgestiegen.

„Sieh", sprach er, mit einer einladenden Geste großzügig um sich zeigend, „wie sich dein Sprung gelohnt hat! Alles, was du hier siehst, ist dein! Du kannst frei darüber verfügen! Auch deine Truhe magst du behalten; du hast sie dir redlich verdient!"

Da erst fiel Aryanand wieder die Truhe ein, und er staunte aufs Neue — war sie vorher aus lauterem Gold gewesen, so bestand sie jetzt aus Diamant. Aber von welcher Seite er sie auch in Augenschein nahm, wieder einmal war nichts zu entdecken, wo sie sich hätte öffnen lassen.

Wie er sie so noch drehte und wendete, um ein

verstecktes Schloß zu finden, sprach das leuchtende Männchen weiter zu ihm:

„Diese Truhe aus Diamant und alles, was du hier siehst, war schon vorher ebenso da wie jetzt, nur war es deinem Blick noch verborgen. Doch weil du meine Prüfung bestanden hast, hat sich dir dieser Schatz eröffnet. Niemand kann ihn dir streitig machen!"

Damit nahm er Aryanand bei der Hand und führte ihn überall umher, ihm seinen neuen Bezitz zu zeigen.

Unbeschreiblicher Glanz und Reichtum strahlte ihnen bei jedem ihrer Schritte entgegen. Doch Aryanand hatte nur eines im Sinn; wohin ihn der Zwerg auch führte, hielt er Ausschau, ob sich unter den Schätzen vielleicht die Krone des Lebens befand. Als der Rundgang durch den Goldpalast, durch zahllose Schatzkammern, durch einen herrlichen Park mit juwelengeschmückten goldenen Bäumen, Wegen und Wasserfällen aus Gold und unzähligen anderen unbeschreiblichen Dingen aus Edelsteinen und Gold nach vielen Stunden beendet war, er aber nirgendwo eine Krone entdeckt hatte, beschloß Aryanand, der bisher schweigend und staunend neben seinem Führer hergegangen war, diesen direkt nach der Krone zu fragen.

„Krone des Lebens?" tat da das blauleuchtende Männchen erstaunt. „Wer hat dir bloß diesen Unfug erzählt? Eine Krone des Lebens gibt es nicht. Die ist nur eine verkauzte Idee in den Köpfen einiger alter Einsiedler, die tief in den dunklen Wäldern hausen und nicht wissen, wie man sich des Lebens erfreut. Was suchst du nach einer Krone, die es niemals gegeben hat? Hier, nimm was du hast und was du mit Händen greifen kannst! Du wirst damit reich und glücklich sein!"

Inzwischen war die Nacht mit tausend funkelnden Lichtern über dem Berg hereingebrochen. Aber unverblaßt strahlten die goldenen Schätze in ihrem eigenen Glanz.

„Sieh, – allein deine Kiste aus Diamant", ließ der leuchtende Kobold nicht locker, „ist ein Vermögen wert, und keiner wird etwas Wertvolleres haben, wenn du damit nach Hause kommst. Auch dein Meister wird stolz sein, dich so reich beladen heimkehren zu sehen."

Mit diesen und vielen anderen schmeichelnden Reden versuchte er immer wieder, Aryanand zu bewegen, den Schatz in Besitz zu nehmen.

Der aber hatte sich längst anders entschieden. Konnte nicht alles, was er hier sah, ebenso plötzlich

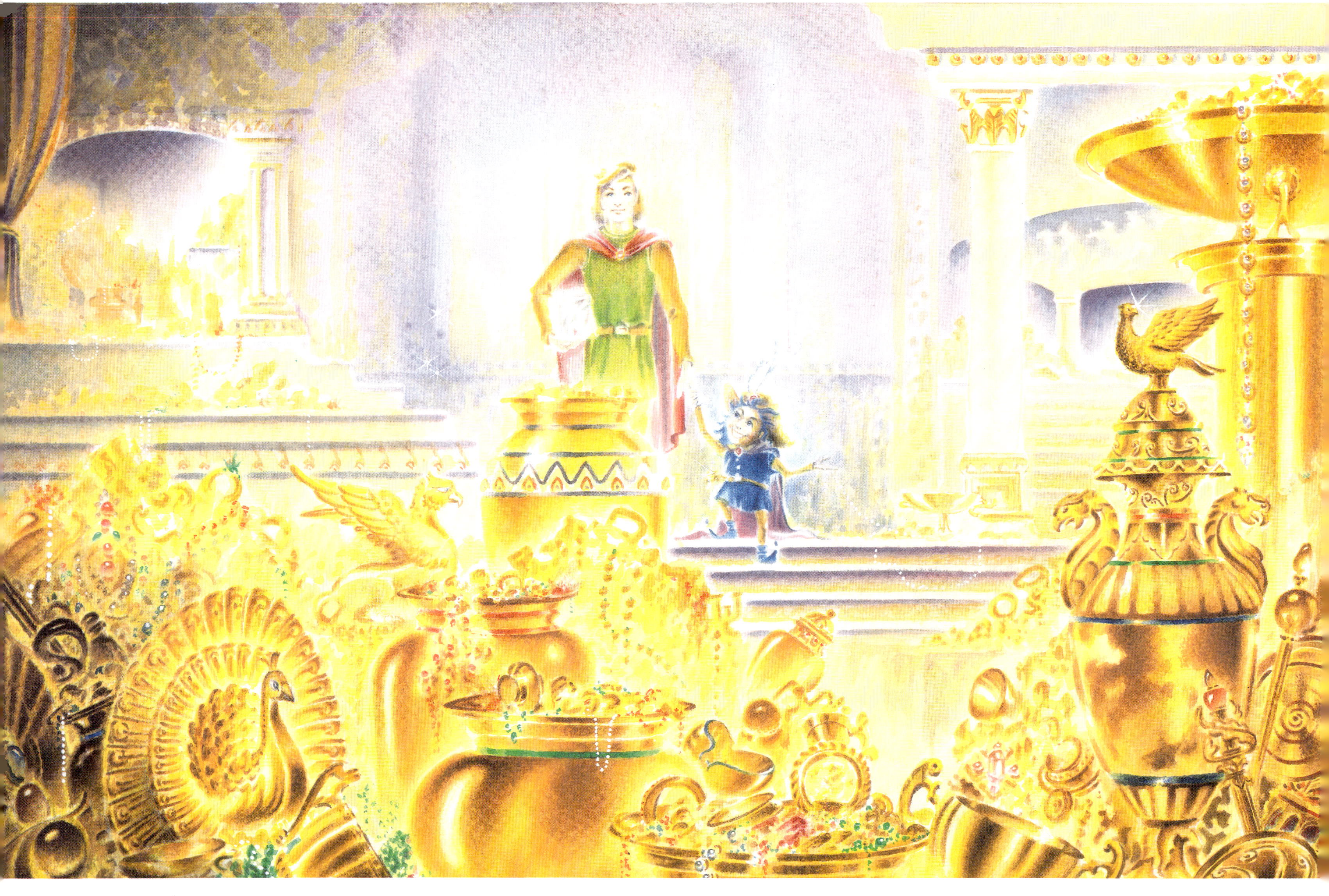

Goldene Ranken mit Blüten aus buntem Karfunkelstein wuchsen an den Säulen empor, und Blumen mit Edelsteinblüten und goldenen Blättern zierten den Treppenaufstieg zum Tor. Alles erstrahlte in so leuchtendem Glanz, daß Aryanand nirgendwo einen Schatten erblickte.

verschwinden, wie es vor seinen Augen aufgetaucht war? Darum sprach er zu seinem Begleiter:

„Bin ich denn sieben Tage den Berg der Weisheit hinaufgestiegen, nur um mit dir ein Geschäft abzuschließen und die Krone des Lebens gegen Gold einzutauschen?

Selbst wenn alle Schätze der Welt hier zusammengetragen sind, so kannst du mich nicht damit blenden, denn ohne das Licht aus der Krone des Lebens verliert dieses ganze Gold seinen Glanz."

Mit fester Stimme erklärte Aryanand dem Zwerg, daß er sicher sei, die Krone hier auf dem Berg und nirgendwo anders zu finden, und daß er noch einmal zu seinem Meister zurückkehren werde, um diesen genauer über das Versteck zu befragen.

Auch die Kiste aus Diamant könne er hier bei den anderen Schätzen behalten, denn verglichen mit der Krone des Lebens erscheine sie ihm so wertlos wie Glas.

Dann legte sich Aryanand nieder, um zu ruhen, entschlossen, am Morgen diesen Ort zu verlassen.

Zuerst war es nur wie ein winziges Licht in ganz weiter Entfernung, wie ein leises Glimmen hinter seinen geschlossenen Wimpern, das ihm von irgendwoher immer stärker mit wohliger Wärme und Licht erfüllte, obwohl es eigentlich hätte dunkel sein müssen, denn um sich her spürte Aryanand nur die kühle Stille der Nacht. Doch dieses Licht war nicht einfach nur Licht, und auch die Stille, die er verspürte, war anders als einfach nur still, sondern beides durchwirkte sein Wesen mit prickelndem Leben.

Immer tiefer lauschte er in diese leuchtende Stille hinein, die ihn inzwischen gänzlich umfing und erfüllte, wie das lautlose Klingen von fallendem Schnee — es schien von irgendwoher zu kommen, und doch war es überall zugleich. So auch jetzt. Denn als Aryanand auf der klingenden Spur eines unendlich zarten Gedankenimpulses vollkommen im Quell dieser Seelenstille versank, fand er sich in einem Ozean wieder. Er war eine Quelle, die gleichzeitig Ozean ist und ewiger Fluß einer Flut von Stille.

Er war ein winziger Funke von Glück in einem Meer von Glückseligkeit, das über alle Zeiten und Räume hinweg bis zum äußersten Horizont kosmischen Lebens reicht. Er war nur er selbst — und doch war er alle Dinge zugleich. Und all dies war nichts als sein allerinnerstes Wesen, welches sich selbst in sich selbst reflektierte und so, in ewigem

Spiel mit sich selbst, die ganze Vielfalt der Schöpfung erschuf.

Unzählige Welten umschwebten ihn wie ein Königsmantel aus glitzerndem Sternenstaub.

Auf Sternenbrücken durchschritt er die höchsten Himmel und fand überall doch nur sich selbst wieder. Er war eine Welle, die weiß, daß sie selbst der unendliche Ozean des Lebens ist und lachend die ganze Schöpfung durchtanzt.

Es gab nur noch Fülle!

Die Fülle der ewigen Einheit des Lebens und die Fülle der ewigen Vielfalt der Schöpfung – waren beide nur seine eigene Fülle.

Er war das Licht von abermillionen Sonnen zugleich – das Licht, welches jedes andere Licht von innen mit Leben und Licht erfüllt und dessen unermeßlicher Glanz Aryanands Stirn jetzt umstrahlte wie eine Krone aus reinster Glückseligkeit. Dann streifte zum letzten Mal seine Seele die sausende Schwinge der Zeit, sein Atem stand still – und wurde zum Atem der Ewigkeit. –

Wie lange? Hier und jetzt gab es keine Zeit. Die Ewigkeit war ein Augenblick und die Unendlichkeit ein winziger Punkt. Doch als sich Aryanand irgendwann wieder bei sich selber fand, wußte er mit Gewißheit, daß seine Suche zu Ende war. Er hatte innen gefunden, was er außen gesucht und was ihm schon immer gehört hatte – die Krone des Lebens, sein innerstes Selbst.

Es ist jenseits von allem, was sterblich ist und was man jemals verlieren kann.

Es ist reines Bewußtsein, ewig wach in sich selbst, und ungetrübte Glückseligkeit.

Es ist das Leben in allem, was lebt – überall und zu allen Zeiten.

Jeder kann es erfahren, als sein eigenes allerinnerstes Selbst –, und doch ist es geheimer als das größte Geheimnis, denn es verrät sich nur sich selbst!

Jetzt verstand Aryanand auch, warum weise Männer und Frauen ihm immer wieder versichert hatten, wie einfach es sei, die Krone zu finden, und daß jeder sie finden könne, obwohl es nur eine einzige Krone des Lebens gebe!

Überglücklich öffnete Aryanand langsam die Augen. Zunächst sah er nichts, denn aller Glanz um ihn her war jetzt von einem neuen Licht überstrahlt, und erst allmählich begann er, darin wieder Einzelheiten genau zu erkennen.

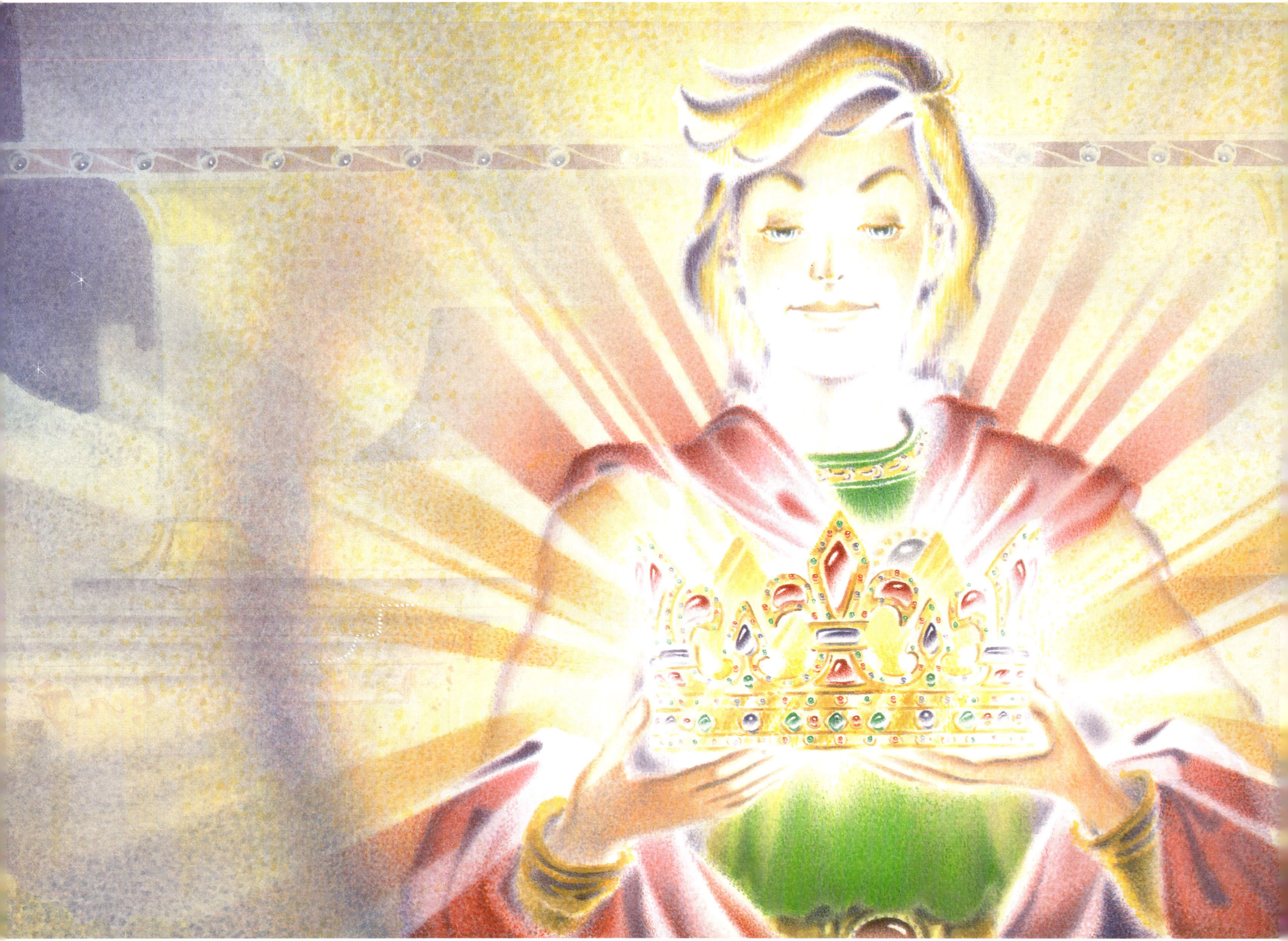

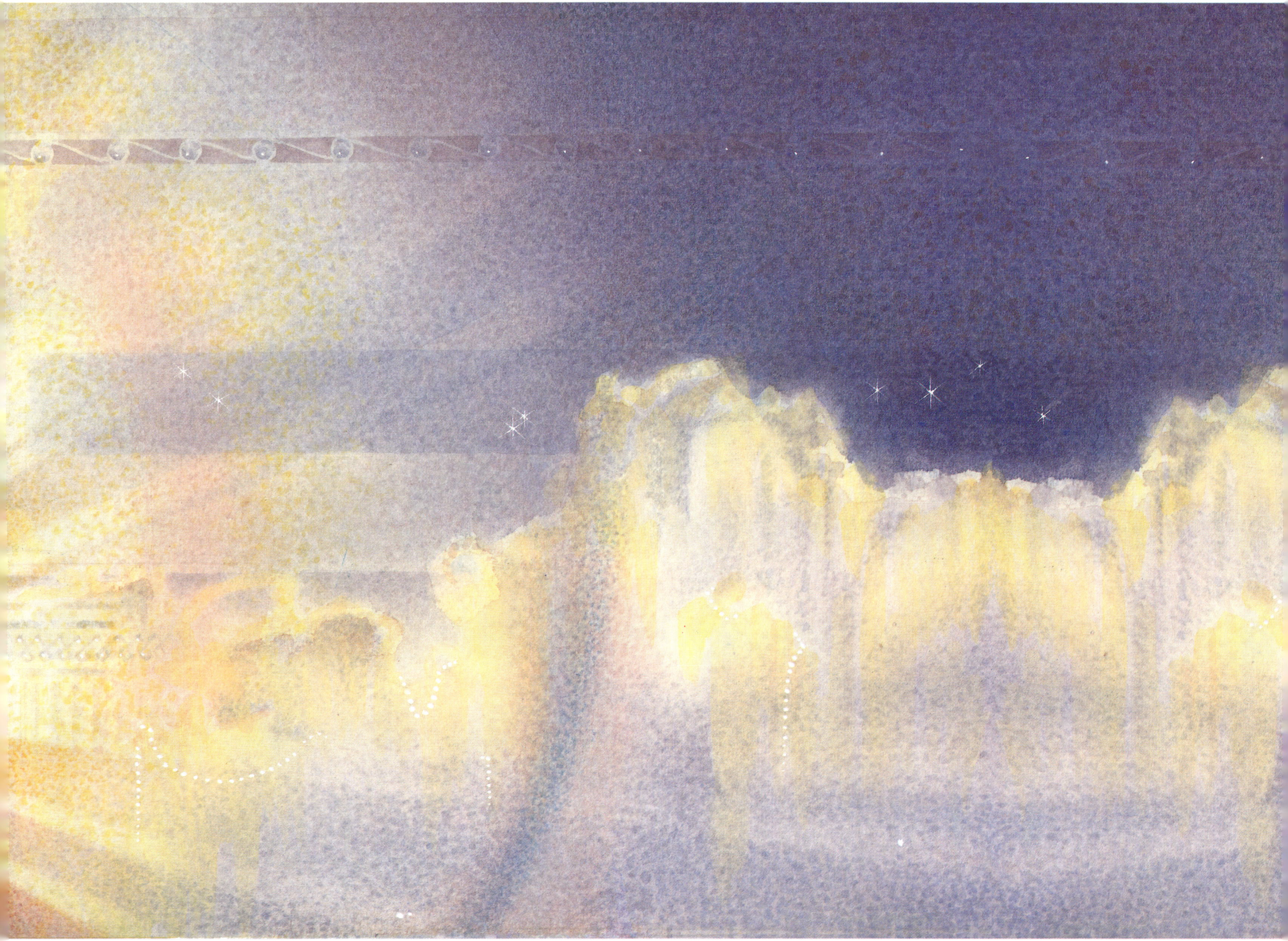

Vor ihm stand seine Truhe aus Diamant. Der Deckel war aufgesprungen, und eine unbeschreibliche Flut von Licht strömte aus ihr hervor. Mitten in diesem Meer von Licht gab es einen noch stärker blendenden Schein, und dort, wo der Glanz am strahlendsten war, lag in der Truhe aus Diamant, auf einem golden verzierten Kissen, eine unsagbar leuchtende Krone.

Über jeden Zweifel erhaben, wußte Aryanand, daß dies die Krone des Lebens war. Denn sie erstrahlte im gleichen Licht, das wie ein nie endenwollender Blitzstrahl leuchtend in seinem Inneren stand.

Vorsichtig nahm er die Krone in seine Hände. Sie war aufs allerfeinste vollendet aus einem einzigen Diamanten geschliffen und in überirdischer Kunst mit allen Edelsteinen der Welt, wie mit funkelnden Sternen, verziert. Doch der Glanz der Vollkommenheit, der von ihr ausstrahlte, war jenseits von allen Worten, die man in dieser Welt kennt.

Aryanand wurde nicht müde, sie zu drehen und zu wenden, und vom Licht der Krone des Lebens erstrahlte die sternenfunkelnde Nacht heller als der hellste Tag.

Im Nu war die Nacht verflogen; und als die Sonne die ersten Strahlen über den Horizont klingen ließ, rüstete Aryanand sich zum Abstieg.

So hell war jetzt das Licht der Erfüllung in ihm, daß selbst das gleißende Licht der Sonne fast wie ein Schatten darüber fiel.

Alles Gold auf dem Gipfel erglänzte noch heller als tags zuvor. Trotzdem nahm Aryanand nur die Krone, die er wieder sorgfältig in die diamantene Truhe gebettet hatte.

Sieben Tage hatte er für den Aufstieg gebraucht, aber jetzt kostete ihn der gleiche Weg kaum eine Stunde.

Was vorher ein schroffer, halsbrecherisch steiler Bergsteig war, ward jetzt, sowie er darauf trat, zu einem sicheren, breiten, blumenbewachsenen Weg. Himmelhochragende Schluchten, die er auf schwindelnden Stegen durchquert hatte, weiteten sich zu grünen, lieblich blühenden Tälern. Steinige Einöden wurden bei seinem Näherkommen zu lichtblütenüberfluteten Auen. Weich federndes Moos und hohe blühende Bäume wuchsen dort, wo es vorher nur felsigen Boden gab und achteten sorgsam darauf, daß seine Schritte nur über einen frischduftenden grünen Teppich führten und sein Weg unter blütenbehangenen, schattenspendenden Ästen verlief.

Hatte er auf seinem Hinweg reißende Bäche durchqueren müssen, so fand er jetzt an den gleichen Stellen wunderbare, natürlich gewachsene Felsbrücken vor, an denen funkelnde Edelsteine in allen erdenklichen Farben blinkten, die von glitzernden Gold- und Silberadern in filigranen Mustern durchzogen waren.

Aryanand war, als ob ihm sein inneres Licht in unsichtbaren Strahlen vorausfiel, denn überall, wohin er sein Augenmerk lenkte, begannen die Dinge von selbst aufzuleuchten und strahlten ihm lächelnd schon von weitem entgegen.

Dort, wo er hinkam, schien die Natur schon auf seine Ankunft gewartet zu haben, um ihm allein all ihre Macht und ihren Zauber zu Füßen zu legen.

Aryanand spürte in seinem Herzen, wie er ihre allumfassende Sprache verstand und mußte über die kleinen Geheimnisse lächeln, die sich die Vögel im Flug erzählten und die Blätter im Wind zuwisperten.

Noch am gleichen Tag erreichte er die Lichtung, an der die Hütte seines Lehrmeisters stand.

Als er aus dem Wald auf die blütenleuchtende Wiese trat, sah er diesen schon von Ferne ihm heiter entgegenwinken. Er stand, als habe er seinen Platz in all diesen Tagen niemals verlassen oder als hätten Aryanands Abenteuer für ihn nicht länger als eine Sekunde gedauert, noch immer unter der alten Linde, wo er sich von ihm verabschiedet hatte.

Überfließend vor Freude rannte Aryanand jubelnd seinem Meister entgegen und legte ihm die Krone des Lebens zu Füßen.

Da war ihm, als habe alle Glückseligkeit dieser Welt und des Himmels in seinem Herzen Einzug gehalten.